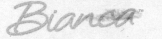

Cathy Williams

El heredero escondido

Editado por HARLEQUIN IBÉRICA, S.A.
Núñez de Balboa, 56
28001 Madrid

I.S.B.N.: 978-84-687-0361-9
Depósito legal: M-23663-2012
Editor responsable: Luis Pugni
Fotomecánica: M.T. Color & Diseño, S.L. Las Rozas (Madrid)
Impresión en Black print CPI (Barcelona)
Fecha impresion para Argentina: 11.3.13
Distribuidor exclusivo para España: LOGISTA
Distribuidor para México: CODIPLYRSA
Distribuidores para Argentina: interior, BERTRAN, S.A.C. Vélez
Sársfield, 1950. Cap. Fed./ Buenos Aires y Gran Buenos Aires,
VACCARO SÁNCHEZ y Cía, S.A.
Distribuidor para Chile: DISTRIBUIDORA ALFA, S.A.

Prólogo

INTENTANDO no hacer ruido, Raoul se apoyó en un codo para mirar a la mujer que dormía a su lado. A través de la ventana abierta, el sofocante aire africano era apenas respirable e incluso con el ventilador moviéndose letárgicamente sobre la cómoda seguía siendo húmedo y sofocante. La mosquitera colocada sobre la cama era una protección optimista contra los insectos y cuando uno aterrizó en su muñeca, Raoul lo apartó de un manotazo.

Sarah abrió los ojos, adormilada, y de inmediato esbozó una sonrisa.

Era tan hermoso, pensó. Nunca habría imaginado que un hombre pudiera ser tan apuesto como Raoul Sinclair. Desde el momento en que lo conoció tres meses antes se había quedado sin habla... y el efecto aún no había pasado del todo.

Raoul le sacaba una cabeza a los demás chicos del grupo, pero era mucho más que eso. Era su exótica belleza lo que la tenía hipnotizada; el tono bronceado de su piel, su vibrante pelo negro, largo, casi rozando sus hombros, su musculoso cuerpo. Aunque solo tenía unos años más que los demás, era un hombre entre niños.

Sarah alargó una mano para acariciar su espalda.

–Mosquitos –Raoul sonrió, sus oscuros ojos deslizándose por los dorados hombros hasta llegar a sus pechos. Aunque habían hecho el amor solo unas horas antes, sintió que se excitaba de nuevo–. Esta mosquitera no vale de nada, pero ya que los dos estamos despiertos...

Dejando escapar un suspiro de placer, Sarah le echó los brazos al cuello, tirando de él para buscar su boca.

Era virgen cuando lo conoció, pero Raoul la había liberado, cada caricia despertando nuevas sensaciones...

Él apartó la fina sábana, lo único que podían soportar allí.

Tenía los pechos más hermosos que había visto nunca y sintió una repentina punzada de pesar al reconocer que iba a echar de menos su cuerpo. No, mucho más que eso, iba a echarla de menos a ella.

Era algo que no había esperado cuando decidió tomarse tres meses de vacaciones para trabajar como voluntario en Mozambique. Entonces le había parecido un lógico interludio entre la conclusión de su carrera universitaria, dos títulos en Económicas y Matemáticas que se había ganado a pulso, y el principio del resto de su vida. Antes de lanzarse a conquistar el mundo y matar sus demonios personales, se dedicaría a ayudar a los demás, gente tan desgraciada como lo había sido él, aunque de una manera completamente diferente.

Conocer a una mujer y acostarse con ella no había entrado en sus planes. Su libido, como todo lo demás en su vida, era algo que había aprendido a controlar con mano de hierro.

Además, Sarah Scott, con su ondulado pelo rubio y su rostro inocente no era la clase de mujer por la que solía sentirse atraído. En general, le gustaban las mujeres más experimentadas, mujeres con evidentes encantos y tan dispuestas como él a tener una aventura apasionada, pero breve. Mujeres que eran barcos que pasaban en la noche, pero que jamás echaban el ancla y, sobre todo, no esperaban que él lo hiciera.

Sabía que Sarah era una chica que querría echar el ancla, pero eso no había sido suficiente para que se echase atrás. Además, se habían unido en circunstancias tan diferentes a su vida normal que era casi como vivir en una burbuja. Durante un par de semanas la había observado por el rabillo del ojo, comprobando que también ella lo miraba, y a finales de la tercera semana había ocurrido lo inevitable.

Las paredes de la casa que compartían con otros seis compañeros eran tan finas como el papel y se veían obligados a hacer el amor despacio, casi en silencio.

–Muy bien –susurró Raoul–. ¿Hasta dónde puedo llegar antes de que tengas que contener un grito?

Sarah sonrió.

–Tú sabes lo difícil que es para mí...

–Y eso es lo que me gusta de ti. Un simple roce y te derrites –Raoul deslizó un dedo entre sus generosos pechos, haciendo círculos alrededor de los prominentes pezones hasta que Sarah empezó a jadear.

Mientras lamía delicadamente la punta de un pezón puso automáticamente una mano sobre su boca y sonrió al verla esconder sus gemidos.

Solo un par de veces habían tomado el viejo Land Rover para escapar a una de las solitarias playas de la zona, donde habían hecho el amor sin contenerse. Pero cuando estaban en la casa tenían que contentarse con hacerlo de una manera tan refinada y silenciosa como un baile.

Sarah abrió los ojos para admirar el contraste entre su pálida piel y el oscuro bronce del cuerpo masculino, de músculos poderosos y marcados.

Aunque era más de medianoche, la luna estaba alta en el cielo, su luz plateada creando sombras en las paredes e iluminando el rostro de Raoul mientras besaba la cara interna de sus muslos.

Sinceramente, en momentos como aquel Sarah pensaba que estaba en el cielo. Y jamás dejaba de asombrarla que sus sentimientos por aquel hombre pudieran ser tan abrumadores después de tres meses. Era como si hubiera estado reservándose para él...

A medida que el encuentro se volvía más urgente, el caos de pensamientos que daban vueltas en su cabeza se convirtió en una sensación de puro placer mientras Raoul entraba en ella a un ritmo cada vez más rápido, hasta que Sarah sintió que iba hacia el orgasmo y se abrazó a él con fuerza, sus cuerpos convirtiéndose en uno solo. En la habitación solo se escuchaban sus jadeos, aunque le gustaría gritar de gozo.

Pero mientras volvía a la tierra después del clímax, con la luz de la luna iluminando las maletas de Raoul frente al viejo armario, de nuevo volvieron los inquietantes pensamientos.

Él se tumbó a su lado, agotado, y durante unos segundos ninguno de los dos dijo nada. La sábana había terminado hecha un bulto a los pies de la cama y se preguntó cuánto tardarían los mosquitos en darse cuenta de que había una nueva entrada.

–¿Podemos hablar? –le preguntó Sarah entonces.

Raoul se puso tenso. La experiencia le había enseñado que cuando alguien decía eso, invariablemente quería decir cosas que él no quería escuchar.

–Sé que no quieres hablar, pero creo que deberíamos hacerlo –insistió Sarah–. Te marchas dentro de dos días y... no sé qué va ser de nosotros.

Raoul se tumbó de espaldas, mirando al techo durante unos segundos. Por supuesto, sabía que todo iba a terminar allí, pero había decidido ignorarlo convenientemente porque Sarah lo tenía embrujado. Cada vez que iba a darle uno de sus ensayados discursos de despedida miraba sus ojos verdes y el discurso desaparecía de su cabeza.

Con desgana, volvió la cabeza para mirarla, apartando el pelo de su cara.

–Sé que tenemos que hablar –admitió.

–Pero no quieres hacerlo.

–No sé dónde va a llevarnos.

Eso fue como un jarro de agua fría, pero Sarah siguió adelante porque, sencillamente, no podía creer que no fueran a volver a verse. Habían hecho mil cosas juntos, más que la mayoría de la gente en toda una vida, y se negaba a aceptar que todo eso iba a quedarse en nada.

–Yo no quería mantener una relación con nadie mientras estaba en Mozambique –le confesó Raoul abruptamente. Le fallaba su habitual elocuencia porque no estaba acostumbrado a tener conversaciones de ese tipo. Pero allí estaba Sarah, mirándolo con esos enormes ojos verdes... esperando.

–Yo tampoco –dijo ella–. Solo quería vivir esta experiencia, hacer algo diferente antes de empezar la universidad. ¿Cuántas veces te he dicho que...?

Estuvo a punto de decir: «Me he enamorado de ti», pero un innato instinto de supervivencia la detuvo. Raoul no le había dicho nunca lo que sentía; ella lo había deducido por cómo la miraba, cómo la tocaba.

–Tú sabes que conocer a alguien no entraba en mis planes. Ha sido algo inesperado.

A él no solían ocurrirle cosas inesperadas. Había soportado una infancia llena de incidentes inesperados, todos ellos malos y lo primero en su lista era evitar lo inesperado. Pero Sarah tenía razón, lo que había ocurrido entre ellos era una sorpresa.

Raoul la atrajo hacia él, buscando las palabras adecuadas para explicarle que el futuro era algo con lo que tendrían que enfrentarse cada uno por su lado.

–No debería haberme dejado llevar.

–¿Qué quieres decir?

–Tú lo sabes.

–Por favor, no digas eso –susurró ella–. ¿Estás diciendo que ha sido un error? Lo hemos pasado tan bien... no tienes que ser tan intenso todo el tiempo.

Raoul tomó su mano para besar sus dedos uno por uno hasta que Sarah volvió a sonreír.

–Ha sido divertido –asintió, con la horrible sensación de estar a punto de lanzar un golpe a una víctima inocente–. Pero esto no es la realidad, Sarah, son unas vacaciones. Tú misma lo has dicho muchas veces. En tu caso, la realidad son cuatro años de universidad, en el mío... –comerse el mundo y nada más– un trabajo. Esperaba que no tuviéramos que mantener esta conversación, que tú vieras lo que está tan claro para mí. Ha sido estupendo, pero solo es... un romance de vacaciones.

–¿Un romance de vacaciones? –repitió ella.

Raoul suspiró, pasándose una mano por el pelo, que se cortaría en cuanto volviese a la civilización.

–No me hagas parecer un ogro. No estoy diciendo que no haya sido increíble. Lo ha sido. De hecho, han sido los tres meses más increíbles de mi vida –le confesó. Su pasado era algo de lo que no hablaba con nadie y menos con una mujer, pero el deseo de seguir era abrumador–. Nadie me había hecho sentir como tú, pero supongo que ya lo sabes.

–¿Cómo voy a saberlo si no me lo dices?

–No se me da bien hablar de sentimientos. He sufrido muchos dramas en mi vida y...

–¿Qué quieres decir? –Sarah conocía solo lo más básico sobre su pasado, aunque Raoul lo sabía todo sobre ella. Le había hablado sobre su infancia, feliz y normal, como única hija de unos padres convencidos de que nunca formarían una familia hasta que su madre quedó embarazada por sorpresa cuando tenía cuarenta y un años.

Él, sin embargo, solo le había contado que no tenía padres. Raoul prefería concentrarse en el futuro, aunque jamás la había mencionado a ella en ese futuro.

–Crecí en una casa de acogida, Sarah. Era uno de esos niños sobre los que lees en los periódicos y a los que cuidan los Servicios Sociales porque sus padres no pueden cuidar de ellos.

Ella se sentó en la cama, sorprendida.

–¿Tus padres no pudieron cuidar de ti?

–Solo tenía a mi madre pero, desgraciadamente, su adicción a las drogas la mató cuando yo tenía cinco años –no estaba en su naturaleza contar cosas personales y Raoul elegía sus palabras con cuidado para quitarles importancia; un truco que había aprendido tiempo atrás–. Y mi padre... ¿quién sabe? Podría haber sido cualquiera.

–No tenía ni idea –murmuró Sarah–. Pobrecito...

–Yo prefiero pensar que mi pasado me ha hecho lo que soy. Y la casa de acogida en la que viví no estaba tan mal. Lo que quiero decir con esto es... –Raoul tuvo que recordarse a sí mismo dónde iba con esa explicación– que no estoy buscando una relación. Ni ahora ni probablemente nunca. No era mi intención engañarte, Sarah, pero estar aquí, en medio de ninguna parte, alejados del mundo...

–¿Quieres decir que no habría ocurrido nada entre nosotros de no haber estado en Mozambique? –Sarah notó que estaba levantando la voz y decidió controlarse porque no quería despertar a nadie.

–Esa es una pregunta hipotética.

–¡Pero podrías intentar responderla!

–No lo sé –respondió Raoul. Sabía que le estaba haciendo daño, pero no podía hacer nada. ¿Cómo iba a prometerle algo que no podría cumplir?, se preguntó, frustrado y enfadado consigo mismo.

Debería haber sabido que Sarah no era una de esas mujeres con las que podía pasar un buen rato. ¿Dónde estaba su preciado autocontrol cuando más lo necesitaba? Una sola mirada y el sentido común lo había desertado por completo.

¿Y cuando había descubierto que era virgen? ¿Eso lo había detenido? No, al contrario. Se había emocionado al saber que era el primero y, en lugar de dar marcha atrás, se había lanzado a una de esas relaciones románticas que antes había desdeñado.

No había habido flores, bombones o joyas porque no podía permitírselo, pero sí largas conversaciones, muchas risas... incluso le había hecho la cena en más de una ocasión, cuando el resto del equipo se iba al campamento de la playa a pasar el fin de semana, dejándolos solos.

–¿No lo sabes? ¿Es porque no soy tu tipo?

Raoul vaciló el tiempo suficiente como para que supiera la respuesta.

–No lo soy, ¿verdad? –Sarah saltó de la cama y apartó la mosquitera.

–¿Dónde vas?

–No quiero seguir hablando contigo –respondió ella, buscando su ropa en la oscuridad–. Necesito un poco de aire fresco.

Raoul saltó de la cama para ponerse los vaqueros mientras la veía salir de la habitación, enfurecida, y masculló una palabrota cuando tropezó con un zapato. No debería seguirla. Había dicho lo que tenía que decir y prolongar la conversación invitaría a un debate que no llevaría a ningún sitio, pero no podía evitarlo.

La casa era un bloque cuadrado de cemento a la que se accedía por unos escalones que evitaban que se inundase en la época de los ciclones y llegó a su lado cuando estaba en el último escalón.

–Sarah...

–¿Cuál es tu tipo? –le espetó ella, en jarras.

–¿De qué estás hablando?

–¿Qué tipo de mujer te gusta?

–Eso es irrelevante.

–¡Para mí no lo es! –replicó ella, temblando como una hoja. No sabía por qué insistía en ese detalle, Raoul tenía razón, era irrelevante. ¿Qué más daba que le gustasen las morenas altas y ella fuese una rubia bajita? Lo que importaba era que iba a dejarla como si fuera alguien sin importancia cuando Raoul lo era todo para ella.

No quería ni imaginar que unos días más tarde despertaría sola en la cama, sabiendo que no volvería a verlo. ¿Cómo iba a superar eso?

–Tienes que calmarte –dijo Raoul, pasándose una mano por el pelo.

Fuera de la casa era un horno, tanto que podía sentir el sudor corriendo por su espalda.

–Estoy calmada –dijo ella–. ¡Solo quiero saber si lo has pasado bien utilizándome durante estos tres meses!

Sarah se dio la vuelta para dirigirse al claro donde estaban las cabañas circulares de tejados puntiagudos que usaban como colegio para los veinte niños del poblado. Raoul no daba clases; él y dos chicos más hacían un brutal trabajo manual plantando y recolectando.

–¿Qué has hecho, aprovechar la situación? ¿Acostarte conmigo porque no había nadie de tu gusto?

–No digas tonterías –Raoul la agarró del brazo.

–Sé que no soy la mujer más bella del mundo y seguramente tú estarás acostumbrado a modelos –Sarah se mordió los labios, enfadada–. Me pareció raro desde el principio que te fijaras en mí, pero como somos los únicos ingleses, supongo que te venía muy bien.

–No hagas esto, Sarah –dijo Raoul, luchando contra el impulso de cortar la conversación con un beso–. Si quieres saber qué tipo de mujeres me gustan, te lo diré: siempre me han gustado las mujeres que no querían nada de mí. No digo que eso sea bueno, pero es la verdad. Mujeres guapas, pero no como tú...

–¿Qué significa eso? –le preguntó Sarah.

–Que eres joven, inocente, llena de alegría... –Raoul empezó a acariciar su brazo–. Por eso debería haber salido corriendo en cuanto me miraste con esos ojazos verdes, pero no pude hacerlo. Eras todo lo que yo no estaba buscando, pero no me pude resistir.

–No tenías que hacerlo –Sarah soltó su brazo para dirigirse al claro y sentarse sobre un tronco caído que utilizaban como banco.

Su corazón latía como loco y le costaba tanto respirar que no lo miró mientras se sentaba a su lado.

La noche parecía viva con el sonido de los insectos y el croar de las ranas, pero se estaba más fresco allí que en el sofocante dormitorio.

–No te estoy pidiendo que te cases conmigo –empezó a decir, aunque en realidad eso era lo que le gustaría–. Pero tampoco me parece normal que no volvamos a saber nada el uno del otro. Podemos seguir en contacto... para eso están los móviles, el correo electrónico, las redes sociales.

–¿Cuántas veces hemos hablado sobre el desastre de hacer pública tu vida privada?

–Eres un dinosaurio, Raoul –dijo ella, sin poder evitar una sonrisa. Discutían sobre tantas cosas; discusiones divertidas, llenas de risas. Cuando él emitía una opinión era imposible convencerlo de la contraria y Sarah solía tomarle el pelo sobre lo implacable que era. Nunca había conocido a nadie así.

–¿Tú querrías hacer eso?

Si Sarah fuera la clase de chica que se contentaba con ese tipo de comunicación intermitente, no estarían sentados allí, teniendo esa conversación, porque entonces también sería la clase de chica que después de tres meses de relación se despediría sin lágrimas.

Por un momento, se preguntó cómo sería llevarla con él, pero descartó la idea en cuanto se formó en su cerebro. Él era un producto de su pasado y había cosas que no se podían cambiar.

Privado de estabilidad, había aprendido a cuidar de sí mismo desde que era muy pequeño. Ni siquiera recordaba cuándo tomó la decisión de que el mundo no decidiría su destino. Él lo controlaría y la única manera de hacerlo sería usando el cerebro. Vivir en una casa de acogida le había enseñado a ser ambicioso y, sobre todo, a depender solo de sí mismo.

Mientras otros niños lloraban por padres que no se ocupaban de ellos, Raoul había enterrado la cabeza en los libros, aprendiendo a estudiar en medio del caos. Bendecido con una inteligencia fabulosa, había aprobado todo con buenas notas y en cuanto pudo escapar de las restricciones de la casa de acogida había trabajado sin descanso para pagarse la universidad.

Empezando de cero, había tenido que hacer algo más que ser inteligente. Un título universitario no contaba para nada cuando competías con gente que tenía contactos, de modo que había conseguido dos títulos que pensaba usar para llegar donde quería.

¿Y qué sitio podía ocupar Sarah en ese futuro suyo? Él no quería cuidar de nadie y Sarah era la clase de persona que siempre necesitaría que alguien cuidase de ella.

Cuando hablaba de seguir en contacto, lo que en realidad quería era mantener una relación y sería irresponsable por su parte aceptar.

Raoul se levantó abruptamente, poniendo cierta distancia entre ellos porque estar sentado a su lado lo afectaba más de lo que debería.

–¿Y bien? –le preguntó, haciendo un esfuerzo para no tomarla entre sus brazos–. No has respondido a mi pregunta. ¿Te conformarías con seguir en contacto conmigo a través de algún correo ocasional? ¿De verdad puedes pensar que estos tres meses han sido una simple experiencia?

–¿Cómo puedes ser tan cruel? –susurró Sarah.

Raoul no la amaba y no la amaría nunca. ¿Por qué iba a perder el tiempo lamentando la situación? Tenía razón, seguir en contacto solo prolongaría su agonía. Lo que necesitaba era apartarlo de su vida para siempre.

–No estoy siendo cruel, Sarah. Pero tampoco quiero darte falsas esperanzas. Eres muy joven y...

–Tú no eres un viejo exactamente.

–En términos de experiencia, lo soy. Y no soy el hombre que buscas. No serías feliz conmigo...

–Eso es lo que dice un cobarde para escapar de una situación que no le interesa –lo interrumpió ella.

–En este caso, es la verdad. Tú necesitas a alguien que cuide de ti y esa persona no soy yo –Raoul la observó atentamente, preguntándose si volvería a estar en una situación en la que tuviera que justificarse como lo estaba haciendo en ese momento. «Sigue solo», se decía a sí mismo, «y no terminarás en una situación como esta»–. Yo no quiero las mismas cosas que tú.

A Sarah le habría gustado negarlo, pero sabía que era cierto. Ella quería un romance de cuento de hadas y Raoul lo sabía. De hecho, parecía conocerla mejor que nadie.

–No estoy hecho para formar una familia.

–Sí, lo sé –asintió ella–. Pero yo sí quiero todo eso, así que será mejor olvidarme de ti. Tal vez así podré encontrar a alguien que no tenga miedo de comprometerse –añadió, levantándose con piernas temblorosas–. Sería horrible pensar que estoy perdiendo el tiempo queriéndote cuando tú no quieres saber nada del amor.

Raoul apretó los dientes, pero no había nada que decir a eso.

–Dejaré tu ropa fuera del dormitorio porque esta noche voy a dormir sola. ¿Quieres tu preciosa libertad? Pues enhorabuena, la has conseguido.

Sarah mantuvo la cabeza alta mientras volvía a la casa, recordando todo lo que habían compartido. Pero pensar en él hacía que se le pusiera la piel de gallina y se abrazó a sí misma mientras subía los escalones.

Una vez en el dormitorio, reunió la ropa tirada por el suelo y enterró la cara en ella, respirando ese aroma tan masculino antes de dejarla en la puerta, junto con sus maletas.

Luego cerró la puerta y contempló una vida sin Raoul, intentando evitar que el mundo se hundiera bajo sus pies.

Capítulo 1

INCLINADA sobre el suelo, intentando quitar una mancha particularmente testaruda de la inmaculada alfombra beis en el despacho del director del banco en el que llevaba trabajando tres semanas, Sarah se quedó inmóvil al escuchar voces en uno de los despachos anexos. Una era de un hombre, la otra de una mujer.

Era la primera vez que veía signos de vida allí. Ella llegaba poco después de las nueve de la noche, hacía la limpieza y se marchaba. Y le gustaba que fuera así. No quería encontrarse con nadie, aunque con toda seguridad nadie se dirigiría a ella. Era la señora de la limpieza y, como tal, invisible para todos los trabajadores del banco. Incluso el conserje que la dejaba entrar por las noches apenas la miraba.

Ya no recordaba la última vez que alguien la había mirado con un brillo de admiración en los ojos. El peso de la responsabilidad y la falta de dinero le habían robado la juventud y cuando se miraba al espejo lo único que veía era una mujer de veinticuatro años con la apariencia de alguien con demasiadas preocupaciones.

Sarah se preguntó qué debía hacer. ¿Había algún protocolo sobre el trato entre la señora de la limpieza y el director del banco?

Cuando las voces se acercaron, Sarah hizo un esfuerzo por limpiar la maldita mancha. Pero, con el corazón encogido, se dio cuenta de que las voces habían cesado y los pasos parecían haberse detenido a su lado.

Y cuando giró la cabeza vio unos zapatos italianos bajo un pantalón gris oscuro y otros de tacón en color crema.

–No sé si ya ha limpiado la sala de juntas, pero, si es así, ha hecho un trabajo desastroso. ¡Hay marcas de vasos en la mesa y dos copas de champán en la estantería!

La voz de la mujer era fría e imperiosa. Con desgana, Sarah levantó la cabeza para mirar a una mujer rubia muy alta y delgada de unos treinta años. Tras ella, el hombre estaba pulsando el botón del ascensor.

–Aún no he limpiado la sala de juntas –murmuró, rezando para que no presentaran una queja porque necesitaba aquel trabajo. Las horas resultaban muy convenientes para ella y el salario era bueno. Y, además, le pagaban el taxi de su casa al banco y viceversa. ¿Cuántos empleos incluían un taxi?

–Bueno, menos mal.

–Por favor, Louisa, deja que la mujer haga su trabajo. Son casi las diez y no me apetece pasar el resto de la noche aquí.

Sarah escuchó esa voz, la voz que la había perseguido durante los últimos cinco años, y su corazón se lanzó al galope. Pero no podía ser, esa voz no podía pertenecer a Raoul. Raoul Sinclair era un simple error de juventud, algo del pasado.

Y, sin embargo...

Sarah se dio la vuelta y se quedó clavada al sitio por los mismos ojos de color chocolate que habían ocupado un lugar en su corazón cinco años antes. Intentó levantarse, pero le fallaban las fuerzas...

Lo último que oyó antes de perder el conocimiento fue a la mujer diciendo con tono estridente:

—¡Esto es lo último que necesitamos!

Sarah recuperó el conocimiento poco a poco, pero mientras abría los ojos supo que no quería despertar. Quería estar inconsciente.

La habían llevado a otro despacho y estaba tumbada en un sofá que reconoció como el del señor Verrier. Cuando intentó incorporarse vio a Raoul, más alto de lo que recordaba, pero tan increíblemente apuesto como antes. Siempre lo había visto con vaqueros y camisetas y tuvo que hacer un esfuerzo para encajar al Raoul que había conocido con el hombre que estaba delante de ella y que parecía el multimillonario que una vez, riendo, le había dicho que sería.

—Toma, bebe esto.

—No quiero beber nada. ¿Qué haces aquí? ¿Estoy viendo visiones?

—Curiosamente, yo estaba pensando lo mismo —dijo él.

En cuanto sus ojos se encontraron con los de Sarah había vuelto atrás en el tiempo y, de repente, se había visto envuelto por una oleada de sentimientos que creía exorcizados por completo. Recordaba su olor y el calor de su cuerpo como si hubiera sido el día anterior.

¿Cómo era posible cuando habían ocurrido tantas cosas en esos años?

Sarah no podía creer lo que estaba viendo. Era tan raro que tuvo que contener el deseo de soltar una carcajada histérica.

–Has cambiado tanto –dijo Raoul.

–Lo sé –de repente, Sarah se dio cuenta del aspecto que debía tener: muy delgada, con la bata azul que se ponía para trabajar y un pañuelo en la cabeza para no ensuciarse el pelo–. He cambiado, ¿verdad? Las cosas no han ido como yo había imaginado.

Intentó levantarse de nuevo, pero le fallaron las piernas y cayó sobre el sofá.

En realidad, Raoul estaba horrorizado. ¿Dónde estaba la chica de ojos alegres a la que había conocido en Mozambique?

–Tengo que irme. Debo terminar de limpiar y...

–No vas a terminar nada. ¿Cuándo fue la última vez que comiste algo caliente? Parece como si un golpe de viento pudiera tirarte al suelo.

–Estoy bien.

–¿Te dedicas a limpiar oficinas?

Raoul empezó a pasear de un lado a otro, nervioso. No podía creer que Sarah estuviera en el sofá de su despacho. Acostumbrado a eliminar cualquier emoción, era incapaz de controlar el bombardeo de preguntas que daban vueltas en su cabeza. O la oleada de recuerdos que lo acosaban desde todos los ángulos.

Sarah representaba un tiempo en el que era totalmente libre, cuando estaba a punto de empezar su vida. ¿Por qué el impacto de verla era tan poderoso?

–Yo no quería terminar así –susurró Sarah.

–Pero ¿cómo ha ocurrido? ¿Qué te ha pasado? ¿Decidiste que preferías limpiar suelos antes que ser profesora?

–¡Pues claro que no! –exclamó ella.

–¿No fuiste a la universidad? –preguntó Raoul, mirando sus pechos bajo la bata azul.

–Yo... me marché del campamento dos semanas después de que lo hicieras tú.

Seguía teniendo un aspecto tan juvenil, tan vulnerable que, de repente, el sentimiento de culpa penetró su formidable armadura.

En cinco años, Raoul había cumplido las promesas que se había hecho a sí mismo de niño. Equipado con una impresionante titulación académica, había conseguido trabajo en Wall Street, donde su habilidad para ganar dinero rápidamente lo había catapultado hasta la cima. Trabajaba solo y no había tardado mucho en mostrar una vena asesina que hacía temblar a cualquiera en la jungla de los mercados financieros.

Raoul apenas se daba cuenta de eso. El dinero significaba libertad para él. No se apoyaba en nadie, no necesitaba a nadie. En tres años había acumulado suficiente dinero como para empezar un proceso de adquisiciones y cada adquisición era más grande y más impresionante que la anterior. No había tenido remordimiento alguno durante su meteórica carrera y no lo necesitaba para nada.

Sin embargo, en aquel momento sentía que clavaba sus dientes en él y se pasó una mano por el pelo, agitado.

Sarah se fijó en ese gesto, tan suyo.

–Ahora llevas el pelo más corto –comentó. Y Raoul esbozó una sonrisa.

–El pelo largo no va bien con la imagen que quiero proyectar. Ahora podría dejármelo hasta la cintura y nadie se atrevería a decir una palabra, pero mis días de llevar el pelo largo han terminado.

Como ella, pensó Sarah. Ella era parte de esos días que habían terminado... aunque no era verdad. Tenía muchas cosas que contarle, pero era una conversación que no había esperado mantener en una situación así y le gustaría poder retrasarla todo lo posible.

–Imagino que estarás contento –le dijo. Cuando Raoul se sentó a su lado tragó saliva porque, a pesar de todo, su cuerpo seguía despertando a la vida cuando él estaba cerca–. Siempre fuiste tan decidido...

–Es la única manera de salir adelante. Pero estabas diciéndome qué pasó con tu carrera universitaria...

Ella asintió con la cabeza.

Durante dos años solo había pensado en él. Con el tiempo, los recuerdos habían ido marchitándose y había aprendido a apartarlos cada vez que amenazaban con salir a la superficie, pero alguna vez había flirteado con la idea de volver a verlo. Incluso había creado conversaciones en su cabeza en las que se mostraba fuerte y segura de sí misma. Nada que ver con la realidad.

–Al final, no fui a la universidad. Las cosas no salieron como yo quería.

–Por mi culpa –extrañamente inquieto teniéndola tan cerca, Raoul tomó una silla y la colocó frente al sofá–. Deberías haberte quedado en el campamento tres meses más. De hecho, recuerdo que dijiste que tal vez te quedarías más tiempo.

–Las cosas no siempre salen como uno quiere –dijo ella, sin poder disimular su resentimiento.

–¿Y me culpas a mí por cómo has terminado? Fui sincero contigo y, si no recuerdo mal, dijiste que me lo agradecías porque así tendrías la oportunidad de conocer a un hombre que no tuviese miedo de las relaciones. Si el hombre al que encontraste resultó ser un pelele que se queda en casa mientras su mujer tiene que limpiar oficinas, no es culpa mía.

–¿Quién ha dicho que sea culpa tuya?

–Estás dándolo a entender.

–Yo no te he culpado de nada. Y no hay otro hombre –dijo Sarah, sacudiendo la cabeza–. No me lo puedo creer... esto es como una pesadilla.

Raoul decidió pasar por alto ese comentario. Estaba conmocionada y él también.

–Muy bien, entonces no encontraste al hombre de tus sueños... pero tiene que haber habido alguien en estos años. ¿Por qué si no dejarías una carrera por la que sentías pasión? Solías decir que habías nacido para ser profesora.

Ella levantó los ojos y Raoul se puso tenso al recordar cómo solía mirarlo, con burla y adoración al mismo tiempo. Entonces le encantaba, pero dudaba que alguien tuviese la temeridad de tomarle el pelo ahora.

El dinero y el poder lo habían colocado en un sitio diferente, un sitio en el que los hombres lo temían y las mujeres pestañeaban coquetamente para despertar su interés... ¿pero tomarle el pelo? No, imposible. Y en cinco años no había sentido la menor tentación de comprometerse con nadie.

—¿Tuviste una relación con algún fracasado? —insistió.

Sarah era una cría vulnerable y con el corazón roto cuando la dejó. ¿Algún hombre se habría aprovechado de eso?

—¿De qué estás hablando?

—Debió de entristecerte volver de África antes de lo previsto y seguramente me culparías a mí por ello. Pero, si te hubieras quedado allí, me habrías olvidado en unas semanas.

—¿Tú me olvidaste en unas semanas?

Raoul se negó a responder a esa pregunta.

—¿Alguien te prometió la luna y luego salió corriendo cuando se cansó de ti? ¿Es eso lo que ha pasado? Un título universitario habría sido tu pasaporte, Sarah. ¿Cuántas veces hablamos de ello? ¿Cómo te convenció para que abandonaras tus sueños y aspiraciones?

No sabía si seguir sentado o levantarse. Se sentía peculiarmente incómodo y esos ojazos verdes no lo estaban ayudando nada.

—Nadie me convenció de nada —respondió Sarah.

—¿Y por qué te dedicas a limpiar? ¿Por qué no has buscado un trabajo de administrativa?

Raoul miró su reloj y se dio cuenta de que era casi medianoche, pero no quería interrumpir la conversación. Sarah era una parte de su historia, una pieza del rompecabezas que ya había sido colocada en su sitio. Entonces, ¿por qué prolongar el juego? Especialmente con esos enormes y acusadores ojos verdes recordándole un pasado que no quería recordar.

Si la acompañaba amablemente a la puerta, estaba seguro de que se iría y no miraría atrás. Y eso sería lo mejor.

–No se puede confiar en la gente –le aconsejó–. ¿Recuerdas que solía decirte que la única persona en la que se podía confiar era uno mismo?

–Seguramente habré perdido mi trabajo –murmuró Sarah, distraída.

Lo había visto mirando su reloj y sabía lo que eso significaba: su tiempo se estaba acabando. El tiempo era dinero para alguien como él y recordar el pasado tendría un interés muy limitado. Raoul pensaba en el futuro, no en el pasado.

–No podría soportar verte trabajando aquí de todas formas –dijo él.

–¿Qué tiene este sitio que ver contigo?

–A partir de las seis, todo esto es mío.

Sarah lo miró, boquiabierta.

–¿El banco es tuyo?

–Sí. Es mi última adquisición.

De modo que no tenían absolutamente nada en común, pensó Sarah. Raoul era el propietario de la empresa cuyos suelos ella había estado limpiando una hora antes. Con su elegante traje de chaqueta, la corbata de seda y los brillantes zapatos italianos, era la antítesis de Sarah, con su bata azul de trabajo y sus viejos zapatos.

Con gesto desafiante, se quitó el pañuelo que llevaba en la cabeza, dejando que la fina y ondulada melena rubia cayera por su espalda.

Él se había cortado el pelo en esos años, pero Sarah se lo había dejado tan largo que casi le llegaba a la cintura y, durante unos segundos, se quedó sin aire.

—Intenté ponerme en contacto contigo...

—¿Perdona?

Sarah se aclaró la garganta.

—Intenté ponerme en contacto contigo.

Raoul se irguió. Tener dinero era como un imán y él lo sabía. Mucha gente a la que había conocido de pasada intentaba ponerse en contacto con él al ver su fotografía en los periódicos... sería divertido si no fuera tan patético.

¿Sería Sarah una de esas personas? ¿Habría visto su fotografía en el periódico y habría decidido ponerse en contacto con él porque le iban mal las cosas?

—¿Y no has podido hacerlo hasta ahora?

—No sabía cómo localizarte —el corazón de Sarah latía con tal fuerza que pensó que iba a perder el conocimiento de nuevo—. Desapareciste sin dejar rastro. La chica del registro me dio tu dirección, pero cuando intenté localizarte ya no vivías allí.

—¿Cuándo me buscaste? —la interrumpió él.

—Cuando volví a Inglaterra. Sé que habíamos roto, pero tenía que hablar contigo.

De modo que, a pesar de su enfado, había intentado localizarlo.

—Alquilé una habitación en Londres, pero en el campamento no tenían esa dirección.

—Incluso entré en Internet para buscarte, pero como no te gustaban las redes sociales...

—¿Y para qué querías ponerte en contacto conmigo, para charlar?

–No, no era para eso.

Sarah pensó que, si hubiera seguido buscándolo durante un año más, tal vez lo habría localizado porque para entonces seguramente ya se habría hecho millonario. Jamás imaginó que llegaría tan lejos en tan poco tiempo... aunque Raoul siempre había sido muy decidido, incluso implacable en su deseo de triunfar en la vida. Y no le tenía miedo a nada.

–Intenté localizarte a través de tu familia de acogida, pero no sabían nada de ti.

Raoul tragó saliva. Había olvidado cuántas cosas sabía Sarah sobre él, incluyendo su miserable infancia.

–¿Por qué querías ponerte en contacto conmigo después de lo que pasó?

–¿Quieres decir que debería haber tenido más orgullo? –le espetó ella.

Raoul sacudió la cabeza

–Entonces eras tan joven... solo tenías diecinueve años.

–¿Y era demasiado tonta como para ser sensata?

–Solo he dicho que eras muy joven –repitió él, apartando la mirada de su pelo rubio.

–No es culpa mía que no te encontrase.

–Se está haciendo tarde, Sarah. Llevo todo el día trabajando y no tengo ni tiempo ni energía para descifrar lo que estás diciendo. ¿Por qué iba a culparte por no haberme localizado?

–No quería *charlar* contigo, Raoul. ¿Tan tonta me crees? Tú habías dejado bien claro que no querías saber nada de mí.

–¿Entonces por qué querías localizarme?

–¡Porque descubrí que estaba embarazada!

El silencio con que fue recibida la frase hizo que Sarah contuviese el aliento.

Raoul no podía creerlo. De hecho, estaba casi seguro de que era cosa de su imaginación. O una broma. O tal vez una manera de prolongar la conversación.

Pero una mirada a su rostro le dijo que no era nada de eso.

–Es lo más ridículo que he oído nunca. ¿No pensarás que voy a creerlo? Cuando se trata de dinero, lo he oído todo –como un león enjaulado, Raoul se levantó y empezó a pasear por el despacho, con las manos en los bolsillos del pantalón–. De modo que volvemos a encontrarnos por casualidad, tú no estás pasando por un buen momento y descubres que yo he hecho una fortuna... ¡Si necesitas ayuda, pídemela, Sarah! ¿Crees que te diría que no? Si necesitas dinero, te firmaré un cheque ahora mismo.

–Yo no soy una buscavidas –Sarah llevó aire a sus pulmones–. Intenté ponerme en contacto contigo cuando descubrí que estaba embarazada. Sabía que te llevarías una sorpresa, como me la llevé yo, pero al final pensé que lo más justo era que lo supieras... No pensarás que yo inventaría algo así para sacarte dinero, ¿verdad? ¿Cómo puedes insultarme de ese modo?

–No puedo haberte dejado embarazada –protestó él–. No es posible. Siempre tuvimos cuidado.

–No siempre –murmuró Sarah.

–Muy bien, entonces tal vez el hijo sea de otro hombre.

–¡No ha habido otro hombre! Cuando me marché

del campamento no sabía que estaba embarazada. Me fui porque... porque no podía seguir allí. Volví a Inglaterra con la intención de empezar mi carrera y quería olvidarme de ti por completo. No descubrí que me había quedado embarazada hasta que estaba casi de cinco meses. Mis reglas siempre han sido erráticas y... en fin, no me di cuenta.

Entonces estaba tan angustiada, tan perdida, que podría haberse declarado la Tercera Guerra Mundial y ella no se habría dado cuenta. Pensaba constantemente en Raoul hasta que rezó para sufrir amnesia, cualquier cosa que la ayudase a olvidar. Sus padres estaban muy preocupados por ella y fue su madre quien empezó a sospechar al ver que engordaba a pesar de que apenas comía.

—No puede ser —murmuró Raoul.

—Me temo que sí —insistió Sarah—. Mis padres se mostraron muy comprensivos y estuvieron a mi lado desde el momento en que nació Oliver.

Cuando mencionó el nombre del niño, el corazón de Raoul pareció detenerse durante una décima de segundo. Había pensado que no era más que una historia para sacarle dinero, pero ese nombre convertía la ficción en realidad. Y, sin embargo, se negaba a aceptarlo.

Él nunca había temido a la verdad, por brutal que fuera, pero su cerebro parecía haberse ido de vacaciones en aquel momento.

Sarah desearía que dijese algo. ¿De verdad creía que lo estaba inventando? ¿Tan receloso se había vuelto en esos años? El joven del que se había enamorado había sido fieramente independiente, ¿pero de qué valía su dinero si era incapaz de confiar en nadie?

–Viví en Devon con mis padres tras el nacimiento de Oliver –siguió Sarah–. No era la situación ideal, pero necesitaba ayuda. Luego, hace un año, me mudé a Londres. En Devon no había trabajo para mí y no quería que mis padres tuvieran que cuidar de Oliver para siempre. Querían viajar ahora que mi padre está jubilado y pensé que podría encontrar trabajo aquí, incluso que podría ir a la universidad...

–Nunca es tarde para eso –dijo Raoul.

Prefería lidiar con el aspecto práctico de la conversación, pero la verdad era que estaba asustado. Sabía que en más de una ocasión no habían tomado precauciones. Tal vez porque estaban en África, en un mundo sin las normas y las reglas a las que estaban habituados.

–Todo ha sido más difícil de lo que yo había imaginado –siguió Sarah, angustiada–. Encontré una casa de alquiler cerca de la casa de una amiga con la que iba al colegio, Emily. Ella se queda con Oliver cuando yo estoy trabajando...

–¿Quiere decir que te has dedicado a fregar suelos desde que llegaste a Londres?

–Es una manera honrada de ganarse la vida –replicó ella, molesta–. Encontrar un puesto en una oficina no es fácil cuando no tienes ninguna experiencia profesional. También he sido camarera y dentro de un mes empezaré a trabajar como ayudante de los profesores en el colegio de mi hijo –dijo luego–. ¿No vas a preguntarme nada sobre él? Llevo una fotografía en el bolso... lo tengo abajo, en la taquilla.

Raoul empezaba a creer lo inimaginable, pero estaba decidido a demostrarle que él no era un tonto al que se pudiera engañar.

–Acepto que puedas tener un hijo –le dijo–. Han pasado cinco años y en ese tiempo puede ocurrir cualquier cosa. Pero, si insistes en decir que es hijo mío, te advierto que pediré una prueba de paternidad.

Cada vez que pronunciaba la palabra «hijo», el niño parecía tomar formar. Pero después de una infancia como la suya, Raoul siempre había estado seguro de una cosa: no quería tener hijos.

Había visto de primera mano cómo unos padres irresponsables podían destrozar la vida de un niño. Él había sido víctima de una madre para quien era un estorbo y de un padre cuyo nombre ni siquiera conocía.

La paternidad no era para él y la posibilidad de haberse convertido en padre era como ser atropellado por un tren de mercancías.

–Imagino que estarás de acuerdo en que es lo más lógico, dadas las circunstancias.

–Solo tendrás que mirarlo para saber que es hijo tuyo –dijo Sarah.

–No, lo siento, quiero una prueba de ADN.

Ella tragó saliva, intentando ver las cosas desde su punto de vista. Después de un encuentro accidental con una mujer a la que creía haber dejado atrás, de repente descubría que tenía un hijo. Era lógico que estuviera sorprendido y que quisiera comprobar que el niño era hijo suyo antes de comprometerse a nada.

Pero se le encogió el corazón al ver que no la creía.

¿No la conocía en absoluto? ¿No sabía que ella no era el tipo de persona que mentiría para sacarle dinero?

Tristemente, tuvo que aceptar que el tiempo los había cambiado a los dos.

Mientras ella era una madre soltera que no llegaba a fin de mes, Raoul había hecho realidad sus sueños y estaba en un sitio desde el que podía mirar hacia abajo como un dios griego, contemplando a los meros mortales.

—Por supuesto —asintió, levantándose.

No se le había escapado que Raoul no le había preguntado siquiera qué aspecto tenía su hijo.

Por el rabillo del ojo vio el carrito de limpieza... un amargo recordatorio de lo que era su vida. Pero se dijo a sí misma que, fuera cual fuera la situación, era bueno que Raoul conociera la existencia de Oliver.

—Sé que esto es lo último que esperabas, pero te aseguro que no quiero nada de ti. Entendería que quisieras desentenderte de la situación.

Raoul soltó una risa amarga.

—¿En qué planeta vives, Sarah? ¿Crees que voy a desentenderme si de verdad soy el padre de ese niño? Te ayudaré en todo lo que sea posible. ¿Qué otra cosa puedo hacer?

Esa frase lo decía todo: se haría cargo de su responsabilidad.

Lo único que Raoul había querido de la vida era ser libre, pero se encontraba encadenado a una situación imprevista de la que no podía escapar.

Sarah sintió que sus ojos se empañaban y cuando él puso un pañuelo en su mano parpadeó rápidamente para disimular.

–Cuando te conocí, nunca llevabas pañuelo –murmuró.

Raoul esbozó una sonrisa.

–No sé por qué lo llevo ahora. Nunca lo uso.

–¿Ni siquiera cuando tienes un resfriado y debes sonarte la nariz?

–Yo nunca me resfrío. Estoy muy sano.

Solo era un tonto intercambio de frases, pero Sarah se sintió mucho mejor mientras guardaba el pañuelo en el bolsillo de la bata, prometiendo devolverlo cuando lo hubiese lavado.

–Necesito tu número de teléfono –dijo él–. Espera, anotaré el mío, así podrás llamarme cuando quieras.

Mientras intercambiaban los números, Sarah recordó que se había marchado de Mozambique sin dejarle su dirección o su número de teléfono. Había querido olvidarse de ella por completo, una ruptura limpia, sin ataduras.

–Te llamaré dentro de una semana –dijo él, observándola mientras salía del despacho.

Sarah se quitó la bata y, después de meterla en el carrito, lo dejó donde estaba en un acto de rebeldía que lo hizo sonreír.

Solo en la oficina, y a solas con sus pensamientos, Raoul contempló la bomba que acababa de cambiar su vida por completo.

Tenía un hijo.

A pesar de haber dicho que quería una prueba de ADN, sabía en su corazón que el niño era hijo suyo porque a Sarah nunca le había importado el dinero y era la persona menos manipuladora que conocía.

La creía cuando dijo que había intentado ponerse en contacto con él y lo entristecía pensar que hubiera tenido que criar sola a ese niño cuando ella misma era una cría.

Pero el hecho era que había cometido un error y tendría que pagar por ello.

Y el precio iba a ser muy alto.

Capítulo 2

ARAH estaba en la cocina, terminando de fregar los platos, cuando sonó el timbre.

Su casa no estaba en una buena zona de Londres, pero el alquiler era asequible, había buen transporte público y los vecinos eran agradables. No se podía tener todo.

Oliver acababa de dormirse después de un maratón de cuentos y Sarah corrió a abrir la puerta para que quien fuera no volviese a llamar al timbre.

Llevaba una vieja camiseta y un pantalón de chándal, su atuendo habitual durante los fines de semana porque no podía permitirse el lujo de salir. Dos veces al mes recibía a sus amigas en casa para cenar, pero tener que contar el dinero le robaba la alegría a esas cenas.

Además, tenía que encontrar otro trabajo porque el dueño de la empresa de limpieza la había despedido al saber que había dejado el banco sin decirle nada a nadie.

Pero no podía poner el corazón en buscar trabajo porque estaba demasiado ocupada pensando en Raoul, recordando su encuentro una y otra vez. Había estado horas analizando lo que él había dicho e intentando convencerse a sí misma de que era lo mejor.

Miraría a Oliver y se vería a sí mismo en el pelo oscuro, en los ojos de color chocolate, en la piel bron-
ceada. El niño era un clon de su padre.

Si Raoul fuese a verlo, no tendría la menor duda,
pero no había sabido nada de él y su decepción aumentaba a medida que pasaban los días.

Además, no sabía qué decirle a sus padres. ¿Les
preocuparía saber que el padre del niño había aparecido de repente? Cuando volvió de Mozambique les
había confesado que tenía roto el corazón y cuando
descubrió que estaba embarazada, la angustia y las
hormonas habían hecho que les contase toda la historia entre lágrimas.

¿Cómo reaccionarían al saber que el padre de Oliver estaba en Londres? Ella era hija única e imaginaba a sus padres, siempre tan protectores, persi-
guiendo a Raoul para vengarse por haberla hecho
sufrir...

Sarah abrió la puerta y dio un paso atrás al ver a
Raoul en el rellano.

–¿Puedo pasar?

–No te esperaba. Pensé que ibas a llamar por teléfono.

Raoul observó su piel perfecta, sin maquillaje, los
brillantes ojos verdes en un rostro ovalado, las curvas
bajo la ropa...

Aunque había perdido el color, reconoció de inmediato la camiseta con el logo del grupo de rock
medio borrado que le recordaba la pequeña habitación en Mozambique, bajo la mosquitera, ardiendo
por ella mientras Sarah se quitaba esa camiseta para
mostrar sus rotundos pechos desnudos...

Había pensado llamar antes por teléfono. Llevaba dos días dándole vueltas al asunto y había decidido que lo mejor era ver aquello como un problema que debía solucionar con la cabeza fría. Primero, debía comprobar que Sarah decía la verdad sobre su hijo y después, si comprobaba que no había mentido, mantener una conversación adulta sobre lo que iban a hacer.

Desgraciadamente, no había sido capaz de esperar o concentrarse en el trabajo. Había intentado controlar su frustración en el gimnasio, pero ni siquiera dos horas de brutal ejercicio al día podían contener su deseo de hacer algo.

Sarah le hizo un gesto para que entrase.

—Pensé que llamaría alguien... para hacer la prueba de paternidad.

—Por el momento, eso puede esperar.

—¿Entonces me crees?

—Estoy dispuesto a concederte el beneficio de la duda.

—No lo lamentarás, Oliver es tu viva imagen. ¿Quieres que lo despierte?

Raoul no tenía experiencia con niños y le parecía increíble pensar que pronto vería a su hijo. ¿Qué hacían los niños de cuatro años? ¿Eran capaces de mantener una conversación a esa edad?

Nervioso, se aclaró la garganta.

—Tal vez deberíamos hablar antes de nada.

—¿Quieres tomar un café, un té? No puedo ofrecerte mucho más.

Raoul estaba mirando alrededor, pasmado. Él vivía en un ático de dos plantas en la mejor zona de

Londres, decorado por el mejor profesional de la ciudad, aunque no le servía de mucho porque apenas tenía tiempo de usar la moderna cocina o disfrutar de los fantásticos muebles y las obras de arte.

Aquella casita no podía ser más diferente. La moqueta era de un color indeterminado y las paredes, aunque pintadas de un alegre color verde, tenían grietas por todas partes. Apenas había sitio en el pasillo para dos personas y en la cocina, si aquello podía llamarse así, ocurría lo mismo. Había una mesa de pino contra la pared, una especie de cómoda y algunas estanterías que hacían las veces de encimeras y armarios.

Él había logrado salir de la miseria, pero lo horrorizaba pensar que, de no ser por su cerebro, un poco de suerte y mucho trabajo podría seguir viviendo en un sitio así.

Esa era precisamente la razón por la que siempre se había negado a atarse a nadie. Solo siendo libre al cien por cien podía concentrarse en su carrera y lograr sus ambiciones. Las mujeres eran una distracción entretenida, pero nunca había sentido la tentación de abandonar sus planes por ninguna de ellas.

Cuanta más riqueza acumulaba, más cínico se volvía. Podría tener a las mujeres más bellas del mundo y, de hecho había estado con algunas de ellas, pero siempre habían ocupado un lugar secundario en su vida.

Lo que lo empujaba era el recuerdo de su madre bebiendo hasta perder el conocimiento en una casa tan mísera como la de Sarah. El casero debía de ser alguien de dudosa integridad, encantado de aceptar dinero de personas desesperadas y negándose a hacer las necesarias reparaciones.

La idea de que tenía un hijo había logrado echar raíces en su cerebro y pensar que vivía en tan deplorables condiciones le parecía indignante.

–Lo sé –dijo Sarah, como si hubiera leído sus pensamientos–. No es una casa estupenda, pero nos viene bien. Y es mucho mejor que otros sitios que he visto. ¿Dónde vives tú?

Raoul, que estaba mirando el desvaído papel de la pared, se volvió para clavar sus ojos en ella.

–En Chelsea –respondió, dejándose caer sobre una desvencijada silla que parecía a punto de partirse bajo su peso.

–¿En una casa? –le preguntó Sarah, intentando disimular su nerviosismo. Raoul hacía que la cocina pareciese aún más pequeña, más destartalada.

–No, es un apartamento –Raoul se encogió de hombros–. Pero la verdad es que no paso mucho tiempo allí.

–¿Y hay una mujer en ese apartamento? –le preguntó ella, poniéndose colorada. Era algo que tenía que preguntar. ¿Había una mujer en su vida? No daba la impresión de ser un hombre casado.

–¿Por qué lo preguntas?

–Porque es importante para mí y, sobre todo, para Oliver. Hasta hoy, yo soy la única figura paterna que conoce.

–Y eso no es precisamente culpa mía.

–Ya sé que no lo es, pero Oliver tardará algún tiempo en acostumbrarse a ti y no quiero que tenga que lidiar con otra mujer... al menos, no me gustaría tener que hacerlo. Pero supongo que si estás casado...

–No estoy casado –la interrumpió Raoul–. En cuanto a otras mujeres, naturalmente intentaré que una situación difícil no se vuelva más difícil.

–Entonces hay alguien –dijo ella.

No era una sorpresa, claro. Raoul era guapísimo y, además, millonario. Sería un imán para cualquier mujer soltera y probablemente para algunas que no lo fuesen.

–No creo que debamos perder el tiempo con ese tipo de cosas. Solo tenemos que discutir cuál va a ser el siguiente paso.

–Lo mejor sería que subieras a verlo. No podemos mantener esta conversación cuando ni siquiera has visto a tu hijo.

–Está durmiendo y no quiero despertarlo –empezó a decir él, más nervioso de lo que le gustaría. Más nervioso que cuando firmó su primer contrato, más que cuando era un niño y miraba los aterradores muros grises de la casa de acogida que se convertiría en su residencia.

–Pero tienes que verlo. Si no, solo será un problema que debes resolver.

–¿Desde cuándo eres tan mandona? –murmuró Raoul.

–Desde que me convertí en responsable de otro ser humano –respondió Sarah–. Sé que esta situación no es culpa de nadie, pero fue aterrador descubrir que iba a tener un hijo estando sola. No dejaba de pensar que todo habría sido más fácil si tú me hubieras apoyado, pero me habías dejado porque tenías otros planes...

–Mis planes no incluían a nadie Sarah. En realidad, te hice un favor...

–Si yo te hubiese importado algo, habríamos seguido en contacto –Sarah respiraba agitadamente y, al mirar sus fabulosos ojos oscuros, empezó a temblar.

Raoul se dio cuenta de que el ambiente se había vuelto extrañamente tenso, pero no tenía nada que ver con lo que estaban discutiendo y, sin pensar, tomó su mano.

–Sé que debiste de pasarlo mal...

–Eso es decir poco –lo interrumpió Sarah, sorprendida al descubrir que le gustaría apoyarse en él–. Me sentía completamente perdida y sola.

–Tenías a tus padres.

–Mis padres me ayudaron, pero era como ir hacia atrás cuando yo pensé que iba a empezar a vivir. Jamás pensé en abortar y el día que nació Oliver fue el más feliz de mi vida, pero tuve que ver cómo todos mis sueños se iban por la ventana. No pude ir a la universidad, no pude hacer nada... imagino que debiste de partirte de risa al verme limpiando la oficina.

–No digas tonterías.

–¿No? ¿Entonces qué pensaste al verme allí?

–La verdad es que me sorprendió. Pero enseguida recordé lo sexy que eras... que seguías siendo a pesar de la bata azul y el pañuelo en la cabeza.

Sus palabras quedaron colgadas en el aire, una chispa que podría provocar un incendio de un momento a otro.

Pero no iba a olvidar cómo la había tratado cinco años antes. Raoul estaba justificando lo que hizo como si fuera un favor, pero solo era una manera de decir que ella no le importaba lo suficiente, que no iba a dejar que un simple romance de verano sin importancia destrozase sus planes.

–Me he dado cuenta de que el sexo está sobrevalorado –dijo Sarah, desdeñosa.

–¿Ah, sí?

–No quiero seguir hablando del tema. Si no te importa venir conmigo, te enseñaré la habitación de Oliver.

Raoul no dijo nada. Estaba intentando entender cómo una mujer a la que no veía en tanto tiempo podía seguir excitándolo de ese modo. Era como si los años no hubieran pasado...

Pero habían pasado, se recordó a sí mismo, y la prueba de ello estaba durmiendo en una habitación a unos metros de allí.

La segunda planta de la casa era más lamentable que la de abajo, si eso era posible, con dos diminutos dormitorios y un baño que en realidad no podía llamarse así.

Sarah empujó la puerta de la única habitación que parecía haber sido decorada recientemente y, a la luz de una lamparita, vio el papel pintado con dibujos, cortinas blancas, una cama pequeña, una alfombra circular, una cómoda blanca y muebles baratos y funcionales.

Raoul dio un paso hacia la cama. Oliver había apartado el edredón con los pies y estaba abrazado a un muñeco de peluche. Solo podía ver el pelo oscuro y los bracitos del niño, pero incluso en la penumbra debía reconocer que tenían el mismo color de piel.

Asombrado, se acercó un poco más para mirarlo de cerca, pero cuando el niño se movió Raoul dio un paso atrás.

–Deberíamos irnos –dijo Sarah–. No quiero despertarlo.

Él la siguió, con las manos sudorosas.

Era cierto, tenía un hijo. Un hijo que se parecía a él a su edad. Se preguntó entonces cómo podía haber pensado que iba a lidiar con aquella situación como lidiaba con cualquier asunto profesional.

Tenía un hijo, un hijo de carne y hueso, y las condiciones en las que vivía eran un insulto, de modo que tendría que hacer algo al respecto. La vida que había vivido hasta ese momento había cambiado por completo. Unos días antes estaba en la cresta de la ola, creyendo tontamente que tenía el mundo a sus pies, y de repente la ola lo había envuelto, haciendo que perdiese el control de su bien ordenado mundo.

Algo aterrador para alguien cuyo único objetivo en la vida había sido remediar la falta de control que había sufrido durante su infancia. Alguien que había decidido conquistar el mundo para no necesitar a nadie.

Pero un diminuto ser humano, de apenas un metro de estatura, había puesto su vida patas arriba.

–Estás muy callado –dijo Sarah, en cuanto llegaron al piso de abajo.

–Necesito beber algo... más fuerte que el café.

Ella sacó lo que quedaba de una botella de vino y le sirvió un vaso.

–Tenías razón –dijo Raoul, después de tomárselo de un trago–. Se parece mucho a mí.

–Y tiene tus mismos ojos. De hecho, no se parece nada a mí. Eso fue lo primero que dijo mi madre cuando nació... ¿quieres ver algunos de sus dibujos? Está en preescolar y...

—¿En un colegio privado?

—No, no. Recibo una ayuda...

—¿Qué tipo de ayuda?

—Del Estado —respondió Sarah. ¿De qué otro modo iba a pagar el colegio con un sueldo de limpiadora?

—¿Del Estado? —repitió Raoul, intentando controlar su furia—. ¿Tú sabes cuál ha sido siempre el objetivo de mi vida? Escapar de las garras del Estado. Y ahora tú me cuentas que dependes de él...

—Lo dices como si fuera un crimen.

—¡Para mí, es obsceno!

Sarah irguió los hombros y lo miró, desafiante. No iba a dejar que se hiciera con el control de su vida.

—Lo entiendo, de verdad, pero tu pasado no tiene nada que ver con mis presentes circunstancias. Te sorprendería saber lo poco que gana una limpiadora. Mis padres me ayudan, pero es casi imposible llegar a fin de mes. Y está muy bien dar un sermón cuando se tiene todo el dinero del mundo, pero el orgullo y la ambición no cuentan para nada cuando no tienes dinero para comprar comida. De modo que, si quieres ayudarme a pagar el colegio, lo aceptaré encantada —Sarah dejó escapar un suspiro—. Pero veo que has cambiado, antes no eras tan arrogante.

—¿Arrogante? —repitió él, indignado.

—Parece que ya no te acuerdas de lo que era coser los pantalones porque no podías tirarlos y comprar otros, como en Mozambique.

—Los cosiste tú —le recordó Raoul.

Podía verla como si hubiera sido el día anterior, apartando a los mosquitos mientras el cielo se cubría de nubes. Parecía un retrato antiguo, con el pelo cayendo sobre su cara...

Sarah contuvo el deseo de decir que había sido una tonta por adorarlo, dispuesta a hacer lo que hiciese falta para complacerlo.

–Y no he olvidado mi pasado. Siempre está ahí, te lo aseguro –siguió él–. Yo no había planeado esto, pero la situación va a cambiar inmediatamente. El niño no puede vivir en estas condiciones –Raoul vio un brillo de advertencia en sus ojos y esbozó una sonrisa–. El niño no *debe* vivir en estas condiciones. Aunque pienses que soy un arrogante, yo puedo permitirme sacaros de aquí y esa es mi prioridad ahora mismo.

–Tu prioridad debería ser conocer a Oliver.

–Prefiero conocerlo en un sitio que no me parezca ofensivo.

Sarah suspiró. Desde luego, la vida sería más fácil si no tuviera que preocuparse constantemente del dinero.

–Retiro lo que he dicho. No has cambiado del todo, sigues pensando que siempre puedes salirte con la tuya.

–Pero eso compensa tu indecisión. Puedes discutir todo lo que quieras y darme una charla sobre lo maravilloso que es vivir aquí, pero los dos sabemos que no es verdad. Yo puedo sacarte de este agujero y es mi obligación hacerlo.

La palabra «obligación» se quedó grabada en el cerebro de Sarah. Nada como la sinceridad para hacer daño.

–¿Y qué sugieres? ¿Puedo decir algo o todo se va a hacer como a ti te parezca porque tienes dinero y yo no?

–Vamos a hacer lo que yo quiera porque tengo dinero y tú no.

–No tiene gracia –murmuró ella, recordando su talento para quitarle importancia a las cosas con alguna broma.

–Pienso tomarme muy en serio mi responsabilidad, pero perdería mucho tiempo viniendo hasta aquí para visitar a Oliver. Lo más sensato sería buscar un sitio cerca de Chelsea.

Estaban discutiendo el asunto de una manera más serena y Sarah podía concentrarse en lo que estaba diciendo.

–Me siento como si estuviera en una montaña rusa –le confesó.

–Ya imagino, pero a mí me pasa lo mismo y estoy menos preparado que tú.

Y, sin embargo, consideraba su obligación ayudar a Oliver. Que no hubiera emociones era algo que ella tendría que soportar. No era su problema y no iba a dejar que eso influyera en la relación que podría tener con su hijo.

–Muy bien, nos mudaremos a otra casa –asintió–. Pero hay muchas cosas que discutir. Tengo que explicarle a Oliver que ahora tiene un padre, pero es tan pequeño... no creo que sea fácil.

–Tiene cuatro años –dijo Raoul–. No ha tenido tiempo de odiarme.

–Sí, pero...

–No anticipemos problemas, Sarah.

Una vez controlado el nerviosismo, Raoul estaba seguro de que podría poner a Oliver de su lado. Después de una vida de miseria, teniendo que vestir con ropa de segunda mano, libros de segunda mano, juguetes de segunda mano y afectos de segunda mano también, empezaba a ilusionarlo la idea de darle a su hijo todo lo que a él le había faltado.

–Iremos paso a paso. Primero, la casa, luego sugiero que intentes explicarle la situación. ¿Oliver ha preguntado alguna vez por su padre?

–Alguna vez, de pasada –admitió Sarah–. Cuando va al cumpleaños de algún amigo y ve a los demás niños con sus padres. Una vez, cuando estaba leyéndole un cuento.

–Tendrás que decirle a tus padres que te mudas y por qué.

–Tal vez lo mejor sería esperar un poco.

–No voy a esconderme, Sarah.

–No sé si a mis padres les alegrará saber que has vuelto a aparecer en mi vida –dijo ella, poniéndose colorada al recordar su disgusto cuando les contó que se había enamorado de un chico que la había dejado plantada. No creía que les hiciera mucha ilusión la presencia de Raoul, pero sabía que tarde o temprano tendría que contárselo. Su madre solía llamar tres veces por semana y no quería que se enterase de la noticia por su hijo–. No sé... mis padres son personas convencionales y tal vez les guste saber que habrá una figura paterna en la vida de Oliver.

Raoul se levantó.

–Te llamaré mañana... no, mejor vendré mañana por la tarde para conocer a mi hijo.

La formalidad de tal afirmación dejaba bien clara su falta de entusiasmo.

–¿Debo vestirlo de manera especial? No quiero que su presencia te ofenda.

–Eso no ayuda nada, Sarah.

–Y tampoco cómo tratas tú el asunto –replicó ella, intentando contener las lágrimas–. ¿Cómo puedes ser tan frío? No es así como yo había esperado que fuese mi vida, te lo aseguro. Siempre pensé que cuando tuviese un hijo sería causa de celebración. ¡Jamás imaginé que lo tendría con un hombre que no quería ser padre!

Raoul palideció. ¿Qué esperaba de él? Estaba allí, ¿no? Dispuesto a cumplir con su obligación. No solo eso, iba a buscar una casa para ellos y nunca volvería a tener que preocuparse por el dinero. ¿Tenía derecho a acusarlo? Para nada.

Sentía la tentación de hacer una lista de todas las cosas por las que debería estar agradecida, pero al final se limitó a decir:

–He descubierto que la vida tiene por costumbre ser injusta.

–¿Eso es todo lo que tienes que decir? –exclamó Sarah, frustrada.

Con los ojos brillantes, su pelo una masa de rizos rubios, Raoul sintió una descarga de adrenalina que le costó controlar.

–Me halaga saber que sigo enfadándote –murmuró, burlón.

Sin poder evitarlo, alargó una mano para acariciar sus dedos y el contacto fue eléctrico. La respuesta de Sarah era como un campo de fuerza que lo atraía inexorablemente... aquello era algo que ni la lógica ni el sentido común podían controlar.

Ella entreabrió los labios, con los ojos entornados. Si la besaba, olvidaría esas locas acusaciones... y la deseaba tanto. Deseaba recordar a qué sabían sus labios.

–No te atrevas...

Raoul tiró de ella y, satisfecho, vio una clara invitación en el brillo de sus ojos.

Sarah dejó escapar un gemido cuando sus labios se encontraron. Raoul siempre había podido hacer que se olvidase de todo con una simple caricia y eso hizo, olvidarse de todo mientras se apretaba contra el torso masculino, derritiéndose al sentir la erguida masculinidad rozando su abdomen y empujando la cremallera del pantalón. Sus pechos se hincharon y los frotó contra él, la placentera sensación en los sensibles pezones haciendo que se marease.

Pero Raoul fue el primero en apartarse.

–No debería haber hecho eso.

Sarah tardó unos segundos en recuperar el control, horrorizada al darse cuenta de que había vuelto a caer en la trampa, como una adicta, incapaz de controlarse. Raoul Sinclair la besaba y todo el dolor, toda la angustia quedaban olvidados. Se convertía en la ingenua que había sido cinco años antes.

–Ninguno de los dos debería...

–Tal vez era inevitable.

–¿Que quieres decir?

–Tú sabes lo que quiero decir. Esto que hay entre nosotros...

–¡No hay nada entre nosotros! –lo interrumpió Sarah, dando un paso atrás.

–¿Estás intentando convencerme a mí o a ti misma?

–Muy bien, tal vez ha sido por los viejos tiempos. Y ahora que nos hemos quitado eso de encima, podemos seguir adelante y...

–¿Fingir que no ha ocurrido?

–Exactamente –Sarah dio otro paso atrás, pero sabía que el efecto de ese devastador beso seguiría con ella hiciera lo que hiciera–. No se trata de nosotros. Tú eres parte de la vida de Oliver ahora, así que...

Raoul la miraba con una intensidad que la hacía temblar, pero siempre había sido capaz de esconder sus pensamientos cuando le convenía.

–Muy bien, ven mañana a conocer a Oliver. Estableceremos un horario de visitas y luego... luego cada uno seguirá adelante con su vida.

Capítulo 3

CUANDO sonó el timbre al día siguiente, Sarah estaba un poco más calmada que el día anterior. En otras palabras, había ordenado sus prioridades. La prioridad número uno era Oliver y se repetía a sí misma que era maravilloso que tuviese un padre dispuesto a aceptar su responsabilidad. Aunque cómo iban a hacerlo era algo que aún tenían que discutir.

La prioridad número dos, más personal, era mantener la cabeza despejada y no dejarse llevar por emociones o recuerdos.

Sarah abrió la puerta para recibir a Raoul.

—Oliver está en el cuarto de estar, viendo dibujos animados —le dijo, a modo de saludo.

Raoul notó que no lo miraba a los ojos. De hecho, tenía una mano en el picaporte, como si fuese a darle con ella en las narices.

—¿Vas a dejarme entrar o no?

Sarah se apartó.

—Debemos hablar sobre los asuntos prácticos de la situación. He estado pensando que tú y yo deberíamos vernos lo menos posible. No quiero que haya nada entre nosotros, lo importante es que conozcas a Oliver.

–¿Le has dicho quién soy?

Sarah lo miró, sorprendida. En un segundo, había dado por concluida la discusión que ella había estado horas ensayando. ¿Había esperado que intentase convencerla?, se preguntó. ¿Había levantado un cartel de NO PASAR esperando que Raoul quisiera hacer justo lo contrario? ¿Había querido secretamente que lo hiciera?

–No, aún no –respondió–. He pensado que sería mejor que os conocierais antes de nada.

–Muy bien. He traído algunas cosas.

–¿Qué cosas?

Raoul señaló su coche, aparcado a unos metros de la casa.

–¿Por qué no entras? Yo volveré en unos minutos.

–No le habrás traído regalos, ¿verdad?

–Sabía que tú lo desaprobarías.

–No es apropiado aparecer con un montón de regalos la primera vez.

–Tengo que compensar por el tiempo perdido.

Sarah decidió no discutir. No se podía comprar el afecto, pero tal vez los regalos conseguirían romper el hielo. Oliver no había tenido una figura paterna en su vida, aparte de su abuelo, al que adoraba, y ella estaba demasiado ocupada trabajando como para salir con nadie. Tenía una visión bastante cínica del sexo opuesto y la única experiencia que Oliver tenía sobre el mundo adulto se debía a ella.

El niño estaba construyendo una torre con bloques plástico, con un ojo en la televisión, cuando Raoul apareció en la puerta con una caja enorme en una mano y una bolsa en la otra.

Había más en el maletero del coche, pero no tenía suficientes brazos y se alegraba de no haberlo llevado todo porque el niño parecía abrumado y Sarah lo miraba con cara de susto.

Sintiéndose como un idiota, Raoul permaneció en el quicio de la puerta.

–Oliver, te presento a... mi amigo Raoul. ¿Por qué no lo saludas?

El niño se sentó en las rodillas de su madre mientras Raoul sacaba de la caja un fabuloso coche por control remoto y una colección de juegos, libros y cuentos y muñecos de peluche que, le aseguró a una alarmada Sarah, habían sido recomendados por el dependiente de la juguetería.

Pero cuando le preguntó a Oliver si quería probar el coche, el niño negó con la cabeza. Los juegos, libros y muñecos de peluche fueron recibidos con indiferencia y las preguntas sobre el colegio, deportes o sus programas favoritos de televisión con absoluto silencio.

Al final de cuarenta minutos de preguntas sin respuesta, Oliver por fin le preguntó a Sarah si podía seguir jugando con sus bloques.

–Como verás, ha sido un éxito –murmuró Raoul, en la cocina.

–Tardará algún tiempo en aceptarte.

Él la fulminó con la mirada.

–¿Qué le has contado sobre mí?

–Nada, solo que eras un viejo amigo.

–¿De ahí que me haya recibido de manera tan amistosa?

Su propio hijo lo había rechazado. Durante esos

años, Raoul se había entrenado para superar todos los obstáculos. Si necesitaba aprender francés para cerrar un negocio, lo hacía. Si necesitaba conocer el mercado de los juegos de ordenador para adquirir una empresa, adquiría conocimientos suficientes para comprarla y contrataba especialistas para que hicieran el resto. Había levantado un imperio sobre la firme creencia de que era capaz de hacer cualquier cosa. No había obstáculo que no pudiera superar.

Y, sin embargo, media hora en compañía de su hijo lo había hecho sentir impotente. Oliver no había mostrado el menor interés por los juguetes y menos por él. Y Raoul no sabía qué hacer para que su hijo mostrase algo de entusiasmo.

–La mayoría de los niños se habrían vuelto locos con el coche –siguió, con tono acusador–. El dependiente de la tienda me dijo que era el juguete más vendido en los últimos cuatro años. Ese maldito coche puede hacer de todo salvo llevar pasajeros, así que dime cuál es el problema. Oliver apenas me ha mirado.

–No creo que haya sido buena idea traerle tantos juguetes.

–¿Por qué no? Yo me habría puesto a dar saltos de alegría si alguien hubiese aparecido en mi casa con una bolsa llena de juguetes.

Sarah sintió una oleada de compasión por el niño que había sido, pero era evidente que Raoul no lo entendía. Para ganarse a su hijo haría falta algo más que un montón de regalos.

–¿Sabes que todos los juguetes con los que yo jugaba de niño eran de segunda mano y tenían que ser compartidos? Un coche por control remoto como ese habría provocado una estampida.

–Lo siento mucho –dijo Sarah.

–No, por favor, no sientas compasión por mí, no me hace falta. Deberías haberme dicho que le gustaba jugar con bloques de construcción.

–No lo entiendes, Raoul. Oliver está acostumbrado a tenerme solo a mí y ve a otro adulto con cierto recelo. ¿Qué pasaba en los cumpleaños, en las Navidades?

–No te entiendo.

–¿Te regalaban cosas en tu cumpleaños o en Navidad?

–No sé qué tiene eso que ver, pero, si de verdad quieres saberlo, nunca creí en el tipo gordo de la barba blanca. Mi madre solía decirme que no existía Santa Claus, imagino que porque no quería gastarse el dinero en regalos cuando podía gastárselo en ginebra. Además, en la casa de acogida uno no podía agarrarse a ese tipo de cuentos –Raoul sacudió la cabeza–. En fin... si Oliver no quiere nada de lo que le he comprado, ¿qué hacemos?

–¿Estás pidiendo ayuda?

–Estoy pidiendo tu opinión.

–¿Por qué no vas al cuarto de estar y juegas un rato con él? –sugirió Sarah–. No, le diré que traiga los bloques aquí y así podréis jugar mientras yo hago la cena.

–Podríamos cenar fuera. Dime cuál es tu restaurante favorito y el chef hará lo que quieras...

–No –lo interrumpió ella–. Oliver y yo cenaremos en casa como todos los días y luego, después de ver los dibujos en televisión, le leeré un cuento antes de dormir.

Eso era lo que solían hacer, pero aquel día lo harían con Raoul, como si fueran una familia. Aunque no lo eran. Había dicho en serio que no debería haber demasiado contacto entre ellos.

—Iré a buscar a Oliver mientras tú cortas un par de cebollas. Están en el cajón de la fruta, en la nevera.

—¿Quieres que cocine yo? —exclamó Raoul.

—Quiero que ayudes, al menos. Y no me digas que no sabes cocinar porque lo hacías en Mozambique.

—Entonces era diferente.

—¿Ahora siempre comes fuera de casa?

—Así tengo más tiempo libre.

—¿Y tus novias? ¿Nunca cenas en casa con ellas?

La pregunta salió de su boca antes de que pudiese contenerla y se dio cuenta de que había estado ahí desde que volvió a verlo. De hecho, era algo que se había preguntado muchas veces en los últimos años. ¿Habría encontrado a alguien? ¿Alguna otra mujer habría sido capaz de capturar su interés? Tal vez una más guapa, más lista, más elegante que ella.

—No es que sea asunto mío. Lo pregunto por preguntar.

—Ahora sí lo es, tú misma lo dijiste ayer. Pero te aseguro que la única mujer en mi vida ahora mismo eres tú.

—No es eso lo que he preguntado y tú lo sabes.

—Quieres saber qué he estado haciendo estos años. No hay nada malo en sentir curiosidad, es sano.

—Me da igual lo que hayas estado haciendo —replicó Sarah. Era mentira, sí le importaba. ¿Con qué clase de mujeres salía? ¿Qué sentía por ellas?

–Ha habido mujeres, por supuesto –respondió Raoul–. Pero he evitado que hicieran nada que tuviese que ver con cacerolas, sartenes, delantales, velas y comidas caseras.

–Ah, qué encantador –dijo Sarah, burlona–. Bueno, voy a buscar a Oliver.

–¿Y tú? –le preguntó él entonces–. ¿No vas a contarme nada sobre tu vida? Sé que ahora mismo no sales con nadie, ¿pero lo has hecho antes? ¿Le has hecho la cena a algún otro hombre?

Aunque lo había preguntado con tono burlón, se preguntaba por qué lo ponía tan tenso imaginar a Sarah con otro hombre. Después de todo él nunca era un candidato si se trataba de compromisos o matrimonios.

–Tal vez.

–¿Tal vez? ¿Qué significa eso? ¿Tengo que competir con alguien a quien tienes escondido en un armario?

–No –admitió Sarah–. Estoy demasiado ocupada con Oliver como para complicarme la vida con un hombre. Pero como tú mismo has dicho, mi vida va a ser mucho más fácil a partir de ahora –añadió, al ver una sonrisa de satisfacción en sus labios–. A partir de ahora ya no tendré que hacerlo todo sola y será maravilloso no tener que preocuparme constantemente por el dinero... o más bien por la falta de él. Será fantástico tener un poco de tiempo para mí misma.

–Pero eso no significa que tengas carta blanca para hacer lo que te dé la gana –a Raoul no le gustaba nada la dirección que estaba tomando la conversación.

–Lo dices como si estuviera a punto de salir corriendo a buscar un hombre –le espetó ella.

Además, ¿qué derecho tenía a marcar ninguna pauta sobre su vida privada? Raoul Sinclair no quería que nadie entorpeciese la suya.

Tal vez Raoul estaba acostumbrado a salir con mujeres y descartarlas cuando ya no le interesasen, pero ella necesitaba algo más que eso. Para él, la vida de soltero significaba libertad, para ella una vida en soledad sería como una cárcel.

–No voy a ponerme a buscar pareja, pero saldré un poco más.

–¿Saldrás un poco más?

–Cuando tú te quedes con Oliver.

–No creo que debamos hacer planes en este momento –dijo Raoul–. Oliver aún no me ha dirigido la palabra siquiera. Es un poco prematuro planear una ajetreada vida social anticipando que el niño y yo nos hagamos amigos. Vamos a ir paso a paso, ¿de acuerdo?

–Sí, claro. No pensaba irme a una discoteca mañana mismo.

¿Ir a una discoteca? ¿Salir con otros hombres y acostarse con ellos mientras él se quedaba con Oliver los fines de semana?

Raoul la imaginó con un vestido ceñido, bailando con otro hombre...

Las mujeres con las que él salía vestían así, pero por alguna razón no le gustaba imaginar a Sarah con minifalda, tacones altos y camisetas escotadas.

–Mejor porque eso no va a pasar.

–¿Perdona?

–Piénsalo, Sarah. Oliver ni siquiera sabe que soy

su padre. ¿No crees que se sentiría desconcertado si tu amigo, que ha aparecido misteriosamente, lo llevase a su casa? Tú eres la única constante en su vida, como tú misma has dicho, y para que Oliver me acepte tenemos que mostrar un frente unido. Debemos esperar hasta que confíe en mí lo suficiente como para poder estar a solas conmigo.

–¿Qué estás intentando decir?

–Que vamos a tener que relacionarnos. Las cenas, los dibujos, los cuentos, todo eso tendremos que hacerlo juntos. Claro que será mucho más fácil cuando os mudéis a un sitio más conveniente. Por cierto, tengo a mi gente buscando una casa...

Había tantas cosas que no le gustaban en ese discurso que Sarah lo miró, atónita.

–Cuando dices que tendremos que hacerlo juntos...

–Yo no sé nada sobre ser padre. Ya has visto mi gran actuación hace un momento.

–Tampoco yo sabía cómo ser madre al principio –le recordó Sarah, con irrefutable lógica–. Solo es cuestión de hacerlo lo mejor posible.

La idea de hacer cosas con Raoul y Oliver, los tres juntos, era suficiente como para provocarle un ataque de pánico. Cada vez le costaba más trabajo separar el presente del pasado. Lo miraba y... ¿a quién quería engañar diciendo que ya no se sentía atraída por Raoul Sinclair?

Raoul vivía en un mundo diferente al suyo y para él sería solo una molestia temporal, alguien de quien se libraría cuando ya no la necesitase. Pero a Sarah no le hacía ninguna gracia tenerlo en su vida. ¿Cómo iba a distanciarse de él si se chocaban en la cocina mientras intentaba forjar un lazo con su hijo?

Raoul seguía molesto porque Oliver no le había hecho ni caso y no tenía en cuenta que cuando se trataba de niños no se podía hacer planes, pero en un par de días seguramente revisaría sus ideas. Sarah dudaba mucho que quisiera pasar tiempo con ella.

–¿Tienes a «tu gente» buscando una casa?

–Lo bueno de tener dinero es que resuelve todos los problemas. Ahora mismo están haciendo una lista de casas... les he dado hasta finales de semana.

–No pienso mudarme a una casa que tú hayas elegido, sin verla. Sé que a ti da igual dónde vivas, pero a mí no.

–¿No confías en que encuentre algo que te guste?

Cinco años antes, Sarah solía hablarle de sus sueños y Raoul se burlaba de ella. ¿Para qué soñar con una isla en el Pacífico si nunca ibas a poder comprarla?, le decía. Pero su sueño de tener una casita llena de rosales y manzanos lo había hecho reír.

–La casa con rosales y manzanos sería difícil en el centro de Londres, pero...

–¿Pero?

–Los tengo trabajando en el jardín, la chimenea y la cocina de leña.

–¡No puedo creer que recuerdes esa conversación!

–Recuerdo muchas cosas, Sarah.

A Raoul no le pasó desapercibido el brillo de sus ojos. Había dicho que no quería saber nada de él y que debían olvidar el beso, pero cada vez que estaban juntos el ambiente se cargaba de electricidad.

–Bueno, yo no recuerdo tanto –murmuró.

–No sé si creerte.

–Me da igual. Si no te importa cortar un par de cebollas, voy a buscar a Oliver.

Sarah desapareció a toda prisa. Cuando la miraba así podría jurar que era capaz de leer sus pensamientos y era una sensación incómoda y aterradora que la hacía sentir vulnerable. Una vez le había abierto su corazón, se lo había contado todo sobre sí misma. Pero mientras ella se enamoraba cada vez más, él se había negado a discutir nada que tuviera que ver con el futuro. Había aceptado lo que le daba generosamente y después había roto con ella cuando terminó su tiempo en Mozambique.

Pero cuando la miraba con esa expresión podía notar su interés. Estaba flirteando con ella... ¿pensaría que iba a caer en sus redes de nuevo?

Cuando volvió a la cocina lo encontró cortando cebollas como le había pedido.

–¿Has traído los bloques? A mí me gustaba mucho jugar con ellos cuando tenía tu edad –se apresuró a decir al ver que el niño los dejaba sobre la mesa.

–¿Has oído eso, Oliver? A Raoul le gusta construir cosas con bloques, como a ti. ¿Recuerdas lo alta que era la última torre que hiciste?

–Doce bloques –respondió el niño.

–¿En serio? –exclamó Raoul, inclinándose sobre él.

Sarah estaba sentada a su lado y, de repente, se vio aprisionada. Intentó moverse, pero apenas tenía espacio y podía sentir su aliento en el cuello.

–¿Por qué no te sientas, Raoul? Puedes ayudar a Oliver a hacer su torre.

–No necesito ayuda, mamá.

–No, seguro que no –dijo él–. Creo que hasta podrías construir el Empire State.

Oliver empezó a colocar bloques sin hacerle caso y Raoul se apartó con expresión frustrada.

–Dale tiempo –dijo Sarah, acercándose.

–¿Cuánto tiempo? No soy un hombre paciente.

–Pues tendrás que aprender a serlo. Buen trabajo con las cebollas, por cierto.

Durante el resto de la tarde, lo vio intentando contener su impaciencia. Oliver no se mostraba hostil, pero sí receloso. Respondía a las respuestas de Raoul sin mirarlo y cuando terminaron de cenar aceptó con desgana salir con él a la calle para probar el coche.

Por la ventana de la cocina, Sarah observaba el incómodo encuentro con el corazón encogido.

Había pensado decirle a Oliver que Raoul era su padre cuando se hubiera establecido un lazo entre ellos. Contárselo cuando no era más que un extraño sería un error. Pero ¿cuánto tiempo tardarían en forjar ese lazo?, se preguntó. Al menos, Raoul estaba intentándolo.

Otro hombre con experiencia familiar podría tener algún as en la manga. Raoul no tenía esa experiencia y, habiéndose perdido los primeros años del niño, no sabía cómo ganárselo.

Cuando volvieron a entrar, tras el fracaso con el coche, le dijo que esperase en la cocina mientras subía con Oliver a la habitación.

–Puedes tomar... lo que encuentres en la nevera. Sé que la cena no ha sido a lo que tú estás acostumbrado.

–¿Porque soy un arrogante?

Sarah suspiró pesadamente.

–Porque vivimos en mundos diferentes. Cuando estábamos en África, no nos separaban tantas cosas.

–Tienes que olvidarte del pasado.

–Tú no has olvidado el tuyo.

–¿Qué quieres decir?

–Creías que podías comprar a Raoul con regalos porque tu pasado te ha condicionado para pensar de ese modo y te impacientas al descubrir que no funciona así.

–Y tú no puedes olvidar que... en fin, te dejé hace cinco años. Quieres encontrar algo sobre lo que discutir porque vives en un mundo que consiste en Oliver y tú y te niegas a aceptar que ahora debes contar conmigo –replicó él–. La cena ha sido una decepción porque era estresante. No sabía qué hacer...

Oliver había jugado con su comida, sin probarla, y Sarah no lo había regañado siquiera. En cambio, sus recuerdos de infancia eran cenas silenciosas porque el mal comportamiento en la mesa era castigado.

–No sé cómo lidiar con Oliver –le confesó.

Raoul era tan listo, tan sabelotodo, que Sarah no se había parado a pensar que de verdad estaba perdido.

–Lo siento. No debería haber dicho eso sobre tu pasado.

–Esta es una situación complicada y discutir entre nosotros no servirá de nada.

–Sí, es cierto, resulta difícil para los dos –asintió ella–. Voy a bañar a Oliver, bajaré en cuanto pueda.

Volvió media hora después, tan fresca como una rosa, mientras él sentía como si hubiera estado corriendo durante dos horas.

–Creo que estás empezando a caerle bien.

–¿Ah, sí? –Raoul enarcó una ceja–. ¿Cómo has llegado a esa conclusión? Puede que no sepa mucho sobre niños, pero habría que tener el cociente intelectual de un pez para no ver que mi hijo no siente el menor interés por mí. Tenías razón, comprar todos esos juguetes ha sido tirar el dinero.

–Es que no estás acostumbrado a los niños y no sabes cómo piensan. A veces me resulta difícil imaginar que fuiste niño una vez –dijo Sarah–. A Oliver le gusta retarme, como a la mayoría de los niños. Intenta ver hasta dónde puede llegar y siempre es un cuento más o un helado más...

–¿Y qué ha sido de la disciplina? –preguntó Raoul.

–Intento disciplinarlo, te lo aseguro, pero hay que saber cuándo hacerlo y cuándo ser flexible –respondió ella, pensativa. El hombre que podía mover montañas tenía un talón de Aquiles y estaba segura de que jamás pediría ayuda. Raoul era orgulloso y pedir ayuda significaría admitir debilidad, algo imposible para un hombre como él.

Pero ayudarlo era la única solución y, además, hacerlo le daría a ella un empujón psicológico y una posición de firmeza.

–Ahora está encantado con el coche, pero esta noche guardaré el resto de las cosas que has traído. Puedo ir sacándolas como regalo poco a poco, cuando haga algo bien o en su cumpleaños –Sarah cruzó los brazos, preparándose para ayudar a un hombre tan acostumbrado a llevar el control que nunca había dejado que otra persona llevase las riendas.

Raoul se echó hacia atrás, poniendo las manos en su nuca. Pensaba que Sarah no había cambiado, pero estaba equivocado. Aquella ya no era la chica ingenua que lo había adorado cinco años antes. En sus ojos veía un brillo de acero... se dio cuenta de que lo había visto antes, pero no había sido capaz de reconocerlo. El deseo también estaba allí, quisiera admitirlo o no, pero había algo más...

Raoul sentía curiosidad por averiguar qué era ese algo más.

—¿Vas a echarme una bronca?

—No, pero voy a decirte lo que debes hacer y me vas a escuchar. Te gusta creer que lo sabes todo, ¿verdad?

—¿Ahora eres mi maestra?

—Te guste a ti o no, lo soy.

Él esbozó una sonrisa.

—Muy bien, hace tiempo que nadie me enseña nada. Puede que me guste más de lo que crees...

Capítulo 4

SARAH se miró al espejo y frunció el ceño. Tenía las mejillas rojas y los ojos brillantes, como si estuviera excitada, y se sintió culpable porque eso era justo lo que no quería. No debía emocionarse al pensar que estaba a punto de ver a Raoul.

Durante las últimas cuatro semanas, se había mostrado fría y distante, aunque se ponía nerviosa cuando Raoul clavaba en ella sus fabulosos ojos oscuros. Siempre se ponía ropa que no llamase la atención y cualquiera diría que en su armario solo había vaqueros viejos, camisetas, jerséis sin forma y zapatillas de deporte. Como la primavera empezaba a dejar paso al verano, había dejado a un lado los jerséis, pero los vaqueros, las camisetas y las zapatillas seguían ahí.

Estaba decidida a que su relación con Raoul siguiera siendo distante porque no debía olvidar lo que había ocurrido en el pasado.

Estaba ayudándolo a conocer a su hijo y debía admitir que ya no era una lucha. Poco a poco, Oliver empezaba a mostrar confianza y Raoul, a cambio, estaba aprendiendo a relacionarse con el niño. Como una maestra luchando con unos pupilos difíciles que por fin viese la luz al final del túnel, podía decirse a sí misma que su papel como mediadora estaba siendo un éxito.

Y era por eso por lo que le brillaban los ojos, nada más.

Oliver estaba deseando ver a Raoul. De hecho, estaba vestido y mirando por la ventana del cuarto de estar, esperando ver el Range Rover. Le gustaba tanto el coche que había prometido comprarle uno igual cuando tuviese dinero. En aquel momento tenía dos libras y ya se consideraba en camino.

—¿Voy correctamente vestido para pasar un día en el parque de atracciones, *señorita*? —bromeó Raoul cuando abrió la puerta.

—Ya sabes que odio que me llames así.

—Pero a mí me gusta que te pongas colorada.

—No deberías decir esas cosas.

—¿Por qué no?

—Porque no es apropiado.

Y porque se sentía amenazada. Llevaba semanas sintiendo que caminaba por el borde de un precipicio. Raoul minaba sus defensas con su encanto y su determinación de hacer las cosas bien... necesitaba recuperar el mal recuerdo que le había dejado en Mozambique porque era más fácil lidiar con él como el hombre que había destrozado su vida.

—Ah, ahora sí que hablas como una maestra —dijo Raoul—. ¿Debo esperar mi castigo?

—No seas tonto.

Riendo, él levantó las manos en un gesto de rendición y Sarah lo fulminó con la mirada. Aquello no podía continuar. Estaba mental y emocionalmente exhausta. Tenían que empezar a hablar sobre derechos de visita porque para Oliver ya no era ningún problema estar a solas con su padre.

En otras palabras, había llegado el momento de reconocer que ya no tenía que ayudarlo y, además, Raoul tenía razón, era importante mostrar un frente unido para que Oliver confiase en él.

¿Cómo se tomaría el niño la noticia de que Raoul era su padre? Seguramente sería más fácil que lo aceptase después de haber pasado unos días juntos. Desde luego, mucho mejor que cuando no era más que un extraño que apareció cargado de regalos.

Los regalos estaban guardados y Raoul no había vuelto a repetir el error, aunque le había advertido que pondría un columpio en el jardín de la casa que había comprado para ellos.

Cuando pensaba en la velocidad a la que había cambiado su vida le daba vueltas la cabeza.

Raoul se había convertido en una presencia permanente, Oliver estaba empezando a forjar un lazo con su padre y la casa, que habían visto dos semanas antes, ya estaba lista para ser ocupada.

–¿Por qué esperar? –le había preguntado Raoul.

El precio no tenía importancia para él. Sarah había creído que el dinero era lo más importante para Raoul, pero a medida que lo conocía mejor se daba cuenta de que el dinero significaba libertad, la posibilidad de hacer lo que quisiera sin tener que darle cuentas a nadie. En resumen, era todo lo contrario a su infancia.

De hecho, y solo por accidente, había descubierto que entregaba grandes sumas de dinero a proyectos benéficos, incluyendo el proyecto que los había unido cinco años antes, en África.

Estaba en el ático con Oliver, esperando mientras Raoul hablaba por teléfono, y su hijo miraba la enorme televisión de pantalla plana dando vueltas sobre uno de los taburetes de cromo frente a la encimera de mármol negro de la cocina. Y sobre la mesa, que daba a un parque privado, había una carta de agradecimiento por su contribución.

Sarah no había dicho una palabra, pero había guardado ese dato en su cabeza, donde se unió a otras cosas que había ido descubriendo sobre él.

Raoul Sinclair era el hombre más complejo que había conocido nunca; trabajador, ambicioso y ferozmente decidido. Pero la manera en la que se aplicaba a la tarea de conocer a su hijo mostraba también compasión, paciencia y una gran capacidad de improvisación.

Estaba claro que utilizaba a las mujeres y, sin embargo, no era un manipulador. Era un hombre que se guardaba todo para sí mismo y, sin embargo, no podía dejar de pensar que había visto algo del niño que había sido, aunque Raoul hablaba de su pasado solo por necesidad y siempre sin emoción.

Habían pasado cinco años y Raoul seguía fascinándola. Aunque eso era algo que Sarah se negaba a reconocer, sabía que estaba haciéndose adicta a sus visitas, que cada día eran más frecuentes.

Sentía como si estuviera viéndolo como una adulta y no como la chica romántica que había sido una vez. Y se preguntaba cómo sería la vida cuando su relación fuese normal, cuando fuese a buscar a Oliver cualquier día de la semana y ella se quedase sola en casa. Cuando se llevase al niño a pasar el fin de se-

mana y ella tuviera tiempo libre para hacer lo que quisiera...

De inmediato, se dijo a sí misma que sería maravilloso. A partir de aquel momento tendría una vida
propia, sin problemas de dinero, de tiempo o de opor-
tunidades.

Raoul había insistido en abrir una cuenta a su
nombre y cuando ella la rechazó insistió en que era
lo mínimo que podía hacer por todos los años que no
había podido ayudarla. Inteligente como era, había
sabido que esa era la única manera de convencerla.

Sarah suspiró, intentando no pensar en ello. Aparte
de la mezcla de sentimientos que provocaba en ella,
la realidad era que pronto se mudarían a una casa
nueva, una casa que Raoul había comprado, y Oliver
debía saber quién era aquel hombre.

Aquel día iban a un parque de atracciones, algo
nuevo para los dos ya que Oliver nunca había estado
en uno y Raoul tampoco. Mientras ellos iban hacia el
coche, Sarah se quedó unos pasos atrás observando
a Oliver, que llevaba orgullosamente su nueva mochila y unos pantalones vaqueros también nuevos.
Raoul, en cambio, llevaba unos vaqueros gastados
que se ajustaban a sus poderosas piernas y una camisa blanca con las mangas subidas hasta el codo.

Aunque era una mujer adulta y no la cría que había estado loca por él, cuando estaba con Raoul no
las tenía todas consigo. Seguía siendo el hombre más
atractivo que había conocido nunca...

Él abrió el maletero del coche y Sarah miró su
contenido, sorprendida.

–¿Qué es eso?

–¿A ti qué te parece?

–¿Vamos de merienda?

–La he encargado a un restaurante y me han aseguro que hay una amplia selección.

Raoul había aprendido mucho durante las últimas semanas. Como nunca se había visto en el papel de padre, había tenido que adaptarse, dejando a un lado el ordenador para intentar forjar un lazo con su hijo. Acostumbrado a que todo el mundo lo tratase con respeto y a que sus órdenes se obedecieran, tuvo que encontrar paciencia porque los niños a menudo desobedecían las órdenes y no siempre trataban a los mayores con el debido respeto.

Él, que nunca había pedido ayuda, se había visto obligado a aceptar la de Sarah, teniendo que controlar su natural tendencia a imponerse. Pero el resultado era un éxito porque Oliver empezaba a confiar en él.

Y, al mismo tiempo, había visto una nueva Sarah, muy diferente a la impresionable jovencita que había sido cinco años antes. Tenía una fuerza que lo intrigaba, un carácter de hierro en todo lo que se refería a su hijo.

–Estoy impresionada –dijo ella, mirando la cesta y la nevera llena de refrescos.

Era evidente que cuando Raoul tomaba una decisión daba el cien por cien para conseguir el resultado deseado y aquella merienda era la prueba de ello. Estaba intentando ganarse el afecto de su hijo y ponía en ello todo su empeño.

Y Sarah se veía obligada a admitir que, mientras intentaba encandilar a Oliver, estaba consiguiendo el mismo resultado con ella.

–Por supuesto, me habría impresionado más si la hubieras preparado tú mismo –añadió, para no ponérselo tan fácil.

–Nunca estás satisfecha –dijo Raoul, con una sonrisa en los labios–. Eres una maestra muy dura.

–No necesitas que un chef te prepare una merienda. Sé que puedes hacerlo tú mismo.

–Lo tendré en cuenta para la próxima vez.

–No habrá una próxima vez –se apresuró a decir ella–. No olvides que todo esto es... bueno, ya sabes, un aprendizaje.

–Parque de atracciones, hecho. Comida casera, hecho. Restaurante de comida basura, hecho. ¿Cuándo te has vuelto tan estricta?

–No soy estricta, soy práctica –respondió ella–. ¿Y no es hora de que nos vayamos? Oliver ya está en el coche.

–Muy bien.

–¿Te he dicho lo emocionado que está? Anoche apenas pudo pegar ojo.

–Tampoco yo dormí bien –le confesó Raoul, acorralándola contra el maletero del Range Rover.

–¿Qué haces?

–He decidido dejar de mentirme a mí mismo diciendo que no te deseo.

–No me deseas y yo no te deseo a ti. Es verdad que nos llevamos bien, pero es por Oliver... y no me mires así. Esto no es parte del plan y a ti te gusta hacer planes.

–Esto demuestra que he cambiado.

–No has cambiado, Raoul –Sarah puso las manos sobre su torso para apartarlo, pero el calor de su cuerpo la dejaba sin fuerzas–. Ya he pasado por esto y no quiero volver a hacerlo. Tú y yo no somos compatibles. Solo necesitamos ser... amigos.

–Muy bien. Si estás segura... –Raoul pasó un dedo por su hombro y ella tuvo que intentar llevar oxígeno a sus pulmones como una persona a punto de ahogarse.

Su corazón latía como loco mientras subía al asiento del pasajero y se volvía para comprobar que Oliver no había desabrochado el cinturón de seguridad.

Durante esos años, había querido guardar un mal recuerdo de Raoul, pero enfrentada de nuevo con aquel hombre carismático, dinámico y sexy que podía hacerla reír y enfadarla más que nadie, no sabía qué hacer. Raoul la afectaba más que ningún otro hombre...

¿Lo habría intuido? ¿Era por eso por lo que coqueteaba con ella con la confianza de un predador, sabiendo que solo era una cuestión de tiempo?

El parque de atracciones estaba lleno de gente y Oliver se emocionó al ver los carruseles, las casetas y hasta la montaña rusa, aunque Sarah le advirtió que de ningún modo iban a subir en ella.

–¿Te ha gustado? –le preguntó a Raoul mientras bajaban de una de las atracciones para niños.

Él se inclinó para sacar a Oliver, sus bíceps marcándose bajo la camisa.

–¿Me estás preguntando si he conseguido encontrar al niño que hay en mí? –se burló él–. No, yo no creo en esas bobadas.

Pero estaba haciendo muchas cosas que no había

hecho nunca. ¿Una merienda en el parque de atracciones? ¿Desde cuándo iba él de merienda? Aunque lo más inquietante era pensar que lo había hecho por Sarah.

–Pues deberías –dijo Sarah, viendo una oportunidad de oro para recordarle que, tarde o temprano, tendría que estar a solas con Oliver.

O tal vez, pensó, tenía que recordarse a sí misma que no debería estar siempre disponible para Raoul. Ella tenía una vida aparte de sus visitas... aunque no sabía dónde estaba esa vida. Tenía previsto empezar a trabajar como ayudante en el colegio al que acudía Oliver, pero iban a mudarse a otra zona de la ciudad, de modo que eso estaba descartado. Tendría que empezar a buscar otro trabajo...

¿Debía esperar a que estuvieran instalados en la nueva casa?, se preguntó.

–No creo que tengas que encontrar al niño que hay en ti, pero sí deberías relajarte y aprender a pasarlo bien. Hasta ahora hemos estado los tres juntos, pero eso terminará pronto y deberías estar relajado con Oliver.

Raoul se pasó una mano por el cuello.

–¿Por qué quieres discutir?

–Yo no quiero discutir. Solo digo que no hay nada malo en pasarlo bien. De hecho, es una gran cualidad. Desde luego, a mí solo me interesaría un hombre que supiera pasarlo bien.

Aunque cuando intentaba imaginar a ese hombre, la imagen de Raoul aparecía irritantemente en su cerebro.

Él frunció el ceño, exasperado. Había pensado que

el tema de su vida de soltero estaba cerrado porque Sarah habría visto lo obvio: que no habría vida de soltera para ella mientras intentaba forjar un lazo con Oliver. Lo desconcertaba saber que estaba buscando el momento de volver a salir con sus amigas cuando seguía sintiéndose atraída por él. Y estaba seguro de que era así.

—Oliver parece cansado. Creo que deberíamos comer —dijo abruptamente.

—Y, después, tú y yo deberíamos charlar —insistió Sarah.

Cuando llegaron al aparcamiento, Raoul dejó a Oliver en el suelo. Habían ganado un muñeco de peluche en una de las casetas y la cabeza del animalillo sobresalía de la mochila. El niño insistía en subir en otra atracción, pero se distrajo fácilmente cuando Raoul le prometió un pastel de chocolate.

—Ya que has comprado la casa, deberíamos hablar de cómo vamos a acomodarnos. Quiero ordenar mi vida ahora que voy a empezar a vivirla.

—¿Ahora que vas a empezar a vivir? —repitió Raoul, en voz baja. Oliver estaba entretenido con su panda de peluche, pero sabía que los niños siempre estaban atentos a las conversaciones de los adultos.

—Debes admitir que estas últimas semanas han sido una novedad para los dos. Imagino que tú nunca estás fuera de la oficina tanto tiempo —Sarah sonrió, aunque Raoul no parecía divertido en absoluto—. Es hora de que los dos volvamos a la realidad.

Raoul sacó la cesta y la nevera del maletero para llevarlas a una zona llena de árboles y mesas de merienda.

Enfadado, aunque no quería que Oliver se diese cuenta, sacó suficiente comida como para un regimiento. Sin percatarse del cambio en el ambiente, el niño se lanzó a comer con entusiasmo mientras revivía sus experiencias en las atracciones e intentaba conseguir que alguno de los dos le prometiese volver.

De modo que Sarah quería vivir, pensó Raoul. ¿Por qué no? Era joven y, a partir de aquel momento, no estaría perpetuamente angustiada por la falta de dinero. Cuando volvió a encontrarse con ella estaba limpiando oficinas y el estrés de la situación se notaba en su demacrado rostro, pero había engordado un poco desde entonces y estaba más guapa que nunca.

¿Por qué no iba a querer pasarlo bien? Él lo había pasado bien durante esos cinco años. ¿Por qué no iba Sarah a salir de fiesta con sus amigos? ¿Por qué no iba a llevar la vida que llevaba la gente de su edad a pesar de tener un hijo?

La situación debería haber sido perfecta para él. Raoul nunca había cambiado de opinión sobre el matrimonio a pesar de su infancia... o tal vez precisamente por ella. La realidad era que no creía en los finales felices. Solo creía en la libertad y, aunque ahora debía tomar en consideración a otra persona, no pensaba hacer algo que pudiese lamentar más tarde.

Si uno vivía para sí mismo, nadie podía decepcionarte. Era un credo en el que creía por completo.

Pero seguía sintiéndose atraído por Sarah y no se había dado tantas duchas frías en muchos años. Y sí, también Sarah se sentía atraída por él, quisiera admitirlo o no, pero eso no era suficiente para justificar la indignación que sentía al imaginarla saliendo con otros hombres.

Él era una persona práctica y llevar esa atracción un paso adelante sería una complicación que no deseaba. De hecho, debería urgirla a que saliera y conociese a alguien. Debería decirle que eso era lo que necesitaba.

En los próximos días, Oliver sabría que era su padre y la burbuja doméstica que habían construido para los tres ya no sería necesaria. Poco a poco, el niño aceptaría la custodia compartida. No era la situación ideal, pero en la vida no había situaciones ideales.

Aunque le costaba aceptar eso.

El cielo se había cubierto de nubes cuando guardaron las cosas en la cesta y, durante el viaje de vuelta, Oliver, agotado, se quedó dormido.

Para evitar que Sarah siguiera contándole lo que pensaba hacer con su tiempo libre, Raoul encendió la radio.

Veinte minutos después, Sarah empezó a charlar nerviosamente; cualquier cosa para romper el silencio. El día había empezado maravillosamente bien, pero había terminado mal y era culpa suya.

Saber que, poco a poco, de manera inevitable, volvía a sentir por Raoul lo que había sentido cinco años antes había despertado todas las alarmas. Jamás hubiera creído posible que eso pudiera pasar, pero Raoul Sinclair siempre había sido capaz de robarle el corazón, de modo que intentó concentrarse en cosas prácticas.

Tendría muchas cosas que hacer en la casa en cuanto se mudasen. Quería algo alegre en las paredes, de modo que se oyó a sí misma hablando de papel pintado mientras Oliver seguía durmiendo en el asiento de atrás y Raoul miraba fijamente la carretera, respondiendo con monosílabos.

–Muy bien –dijo por fin, aburrida de escuchar su propia voz–. Sé que piensas que te he estropeado el día.

–¿He dicho yo eso?

–No, no lo has dicho, pero está claro que lo piensas. ¿Se puede saber qué te pasa?

–Estás hablando de papel pintado y colores para las paredes... no pretenderás que finja interés por eso, ¿verdad? Ya te he dicho que podría contratar un decorador. Incluso contrataré a alguien para que compre obras de arte.

–Entonces no sería mi casa, sería la casa del decorador –protestó Sarah–. ¿Has visto tu apartamento?

–¿Qué quieres decir con eso?

–Tienes todo lo que el dinero puede comprar, pero sigue sin parecer un hogar. Es como una revista de decoración...

–¿Y qué tiene eso de malo?

–La cocina no parece haber sido usado nunca y los sofás tampoco. Nadie ha tirado una gota de agua en las alfombras y todos esos cuadros abstractos... seguro que no los has elegido tú.

Estar enfadada con él era algo que le resultaba familiar. El duro perfil que le ofrecía no tenía expresión alguna y eso la enfadó aún más. ¿Cómo podía estar tan tranquilo cuando él la afectaba tanto? No era justo.

–No me gusta el arte abstracto –siguió–. De hecho, lo odio. Me gustan la pintura clásica, las cosas que puedo reconocer: flores, paisajes. No me gusta ver manchas en una tela blanca y no se me ocurre nada más absurdo que pedirle a un extraño que compre cuadros para mí. Y tampoco me gustan los sofás de piel, son fríos en invierno y pegajosos en verano. Me gustan los colores cálidos y los sillones gruesos en los que te hundes durante el invierno para leer un buen libro.

–Muy bien, lo he entendido –dijo Raoul–. No quieres ayuda para decorar la casa y odias mi apartamento.

Sarah, que no solía ser grosera, se sintió avergonzada de sí misma. Jamás se le hubiera ocurrido criticar la casa de otra persona porque sabía que cada uno tenía sus gustos, pero la angustia de estar con Raoul, disfrutar de su compañía y ver lo que podría haber sido su vida si él la hubiese querido hacía que se sintiera amargada.

A pesar de su arrogancia, de su testarudez y su capacidad de no ver las cosas cuando no le daba la gana, seguía siendo un tipo estupendo y, por lo tanto, era más fácil volver a enamorarse.

–Y seguimos teniendo que hablar –insistió.

Si había esperado que discutiese, se llevó una decepción porque a Raoul parecía darle igual su opinión sobre él, su apartamento o cualquier otra cosa.

–Sí, es cierto.

Pensar en ella con otro hombre era insoportable, pero lo más irritante era no ser capaz de poner en orden sus pensamientos. Por primera vez en su vida, no era capaz de pensar con fría lógica y sentía una inquietud que no entendía y de la que no se podía librar.

Pero su enfado y sus críticas habían aclarado mucho la situación. Sarah no era como otras mujeres que conocía y no era solo porque fuera la madre de su hijo.

Siempre había sido fácil para él colocar a otras mujeres en una categoría determinada. Cada una cumplía con su papel y no había áreas oscuras.

Sin embargo, ella había entrado en su vida con una bomba en forma de niño y debía aceptar que el papel de Sarah Scott estaba lleno de zonas oscuras. No sabía por qué, tal vez porque representaba otro momento de su vida, antes de llegar a la cima, cuando podía hacer lo que quisiera. O tal vez porque era tan abierta, tan sincera y vibrante. Porque exigía que se comprometiese más de lo que él estaba acostumbrado a hacerlo.

Sarah no iba de puntillas con él y tampoco intentaba complacerlo. Las mujeres con las que había salido en el pasado siempre habían lanzado exclamaciones de admiración al ver su ostentoso ático, pero tenía la impresión de que la mujer que iba sentada a su lado podría escribir un libro sobre todo lo que odiaba de ese apartamento que, además, le regalaría por su cumpleaños.

Aquella situación exigía un nivel de compromiso que iba más allá de la interacción a la que él estaba acostumbrado con otras mujeres. ¿Meriendas? ¿Comidas caseras? ¿Juegos de mesa? ¿Ver dibujos animados en televisión?

Raoul detuvo el coche frente a su casa, donde por

una vez había un sitio libre. Oliver estaba despertando en ese momento, frotándose los ojos mientras Sarah lo tomaba en brazos.

Inseguro, Raoul le dio un beso en el pelo y, a cambio, recibió una sonrisa adormilada.

—Está agotado —dijo Sarah—. No está acostumbrado a comer tan tarde.

—Pero lo ha pasado bien.

—Sí, claro. Voy a darle un baño rápido y luego lo meteré en la cama. ¿Por qué no te sirves una copa de vino? —sugirió ella, como para compensar las críticas a su apartamento—. Y cuando baje, hablaremos de... en fin, del acuerdo.

Raoul notó que los dos primeros botones de su blusa de cuadros estaban desabrochados... aunque ella no se había dado cuenta.

—Buena idea —murmuró, con una expresión indescifrable que la dejó preguntándose qué estaría pensando.

Desde luego que tenían que hablar, pensaba Raoul, aunque tal vez no de lo que ella quería. Le gustaba tener una explicación para todo y, por fin, la tenía. Sarah seguía obsesionándolo porque era un asunto por terminar. Lo único que debía hacer era atar esos cabos y seguir adelante.

Él sonrió de una forma que la hizo temblar de pies a cabeza.

—Serviré dos copas de vino —le dijo, sus ojos oscuros clavados en la fina estructura ósea de su rostro, en los enormes ojos verdes, en los generosos labios—. Y luego podremos empezar a hacer planes...

Capítulo 5

SARAH tardó más tiempo del que había planeado en meter a Oliver en la cama porque el niño exigió jugar un rato con sus cochecitos y darle las buenas noches a Raoul. Por ese orden.

Pero, como ella necesitaba estar un rato a solas, le dijo que Raoul estaba muy ocupado y luego se vio forzada a compensar su ausencia fingiendo divertirse mientras empujaban los cochecitos alrededor de la cama.

Cuarenta minutos después, cuando por fin logró que Oliver se durmiese, decidió darse una ducha para ordenar sus pensamientos.

Primero: charlaría con él de una manera civilizada y adulta sobre la necesidad de explicarle al niño quién era.

Segundo: anunciaría su decisión de darle la noticia a sus padres y le aseguraría que no había necesidad de que él los conociese.

Tercero: le recordaría que ellos ya no tenían una relación, aunque eran amigos por Oliver. Dos adultos con algo en común que habían conseguido ponerse de acuerdo sobre la custodia de su hijo sin la interferencia de abogados.

E insistiría en lo importante que era que hiciesen cosas juntos por el niño.

Cuando entró en el cuarto de estar, Sarah vio que Raoul tenía dos copas de vino en la mano. Desde que volvió a aparecer en su vida, su nevera estaba llena de cosas que no había habido antes, incluyendo vinos de buena calidad. Y sus vasos baratos habían sido reemplazados por caras copas de cristal que ella jamás hubiese comprado por miedo a romperlas.

Raoul dio un golpecito en el sofá, a su lado. No era la mejor opción, en opinión de Sarah, pero sentarse en el sillón al lado de la ventana arruinaría la charla madura que pretendía mantener, de modo que se sentó a su lado y aceptó la copa de vino.

–Creo que podemos decir que ha sido un día bien empleado –empezó a decir él–. A pesar de tus críticas a mi apartamento.

–Lo siento, no debería haber dicho eso –murmuró Sarah.

Raoul se encogió de hombros.

–¿Por qué no? Es lo que piensas.

–Sí, pero ha sido una grosería –admitió ella–. Supongo que no hay mucha gente que se atreva a criticarte...

–No sabía que estuvieras criticándome a mí personalmente. Pensé que estabas criticando mi apartamento.

–Eso es lo que quería decir.

–Porque debes admitir que he hecho todo lo posible para establecer un lazo con Oliver.

–Desde luego que sí –asintió Sarah–. ¿Lo has pasado bien? Imagino que todo esto debe de ser muy extraño para ti.

–Desde luego.

Eso era algo de lo que no habían hablado. Raoul aceptaba la situación, pero cinco años antes había dejado bien claro que lo último que quería era casarse y tener hijos.

–Sé que habías planeado tu vida al detalle. Cuando nos conocimos solo tenías unos años más que los demás, pero eras el único que parecía saber exactamente lo que quería de la vida y cómo conseguirlo.

–¿Noto cierto tono de crítica en esa frase?

–No, no.

Raoul decidió no seguir por ese camino, que no los llevaría a ningún sitio.

–Me alegro. Y, volviendo a la pregunta original, tener a Oliver me ha abierto los ojos. Nunca había tenido que acomodar mi vida a nadie...

¿Y la había disfrutado? Nunca se había hecho esa pregunta, pero pensándolo en aquel momento... sí, había disfrutado de lo impredecible, de las pequeñas recompensas cuando empezaba a hacerse un sitio en el mundo. Las primeras sonrisas de aceptación habían hecho que todos sus esfuerzos mereciesen la pena...

–Si hubiera sido cualquier otro niño, habría sido una tarea insoportable, pero con Oliver... –Raoul se encogió de hombros, dejando que el silencio explicase sus palabras–. Y sí, mi vida ha tomado un rumbo inesperado, pero a veces las cosas no van como uno piensa.

–¿De verdad? Pensé que eso solo le pasaba a otras personas –bromeó Sarah, recordando los planes que había hecho cinco años antes, ninguno de los cuales la incluía a ella–. ¿Qué otras cosas no han ido según tus planes? En tu vida adulta quiero decir.

–¿A qué te refieres?

—Las cosas no salen exactamente como uno quiere cuando dejas que otras personas entren en tu vida, y tú nunca has dejado que nadie entrase en la tuya.

No debería haber hecho una pregunta tan personal, pero el resentimiento que sentía después de semanas viendo cómo Raoul tomaba el control de su vida hacía que su boca pareciese tener vida propia, diciendo cosas que ella no quería decir.

—Tú sabes por qué no quiero tener una relación con nadie —dijo Raoul.

—Pero es una vida estéril. En tu apartamento no hay fotografías, nada personal...

—No has visto todo el apartamento —la interrumpió él—. A menos que hayas explorado el dormitorio sin que yo me diese cuenta...

—No, claro que no.

—Entonces, no deberías generalizar.

—Estoy hablando en serio, Raoul.

—Y yo también —dijo él—. La verdad es que disfruto estando con Oliver. Es mi hijo y todo lo que hace me parece fascinante.

—Me alegro porque eso me lleva a lo que quería decir —Sarah se aclaró la garganta, deseando que no la mirase con esos penetrantes ojos oscuros—. Oliver se está encariñando contigo y empieza a confiar en ti. Al principio, pensé que sería muy difícil entablar una relación. Él no había tenido un padre hasta ahora y tú no tenías experiencia con niños...

—No me estás contando nada que no sepa ya.

Sarah frunció el ceño. Había preparado la conversación en su cabeza, pero no era tan fácil cuando lo tenía delante.

—Me alegro de que no lo veas como una pesada tarea.

—Si esperas congraciarte conmigo, te advierto que no lo estás haciendo bien. Criticas mi apartamento, insinúas que no tengo paciencia con los niños... ¿quieres añadir algo más?

Su tono burlón la molestó.

—Creo que deberíamos sentarnos con Oliver para contarle la verdad. No sé cómo se lo tomará, pero es un niño muy inteligente y creo que se alegrará. La verdad, espera tus visitas con mucha ilusión... claro que siempre podría contárselo yo sola.

—No, me gusta la idea de que lo hagamos juntos.

—Muy bien. Entonces, deberíamos buscar una fecha.

—¿Buscar una fecha? —Raoul soltó una carcajada—. ¿Tenemos que ser tan formales?

—Sé que estás muy ocupado. Solo digo que busques una fecha.

—Mañana.

—Muy bien —asintió ella, sorprendida—. Y después de hablar con Oliver, me gustaría hablar con mis padres. Yo no les he dicho nada, pero el niño te ha mencionado en un par de ocasiones.

No había visitado a sus padres en todo el mes, pero hablaban a menudo por teléfono. No había querido ir a Devon porque sabía que su madre le sacaría la verdad y no estaba preparada para escuchar un sermón.

—¿Y eso es un problema?

—No, no es ningún problema. No tienes por qué conocerlos, Raoul. Yo les explicaré la situación... les diré que nos encontramos por casualidad y se alegrarán porque siempre les ha preocupado saber que estabas por ahí, sin saber que tenías un hijo. Tendré que explicarles que no les había dicho nada hasta ahora porque estaba esperando que conocieras a Oliver y creo que lo entenderán.

–¿Y por qué no voy a conocerlos?

Sarah lo miró, sorprendida.

–Vas a estar involucrado en la vida de Oliver, no en la mía. Y de eso precisamente es de lo que quería hablar, de los derechos de visita. No creo que tengamos que contratar a un abogado para solucionarlo, ¿verdad? Podemos llegar a un acuerdo. Yo soy flexible.

Aunque sería lo más conveniente para él, a Raoul no le gustaba la idea. Sí, había tenido que olvidarse del trabajo en muchas ocasiones durante aquel mes. De hecho, su rutina incluía trabajar hasta la madrugada y el deseo de Sarah de llegar a un compromiso debería ser un alivio para él. Y, sin embargo, no iba a contentarse con ver al niño una vez a la semana y algún fin de semana ocasional.

–Derechos de visita –repitió.

–Ya sabes, un fin de semana al mes y un día a la semana, cuando te venga bien. Deberíamos elegir un día en concreto, aunque imagino que con tu estilo de vida no será fácil...

De repente, Sarah se preguntó cuándo retomaría su «estilo de vida». ¿Debería repetirle que no le gustaría que Oliver conociese a sus novias? ¿O sería Raoul lo bastante sensato como para entenderlo sin que ella tuviese que decirlo en voz alta?

Estaba muy bien establecer las reglas con voz supuestamente firme, pero nada podía disimular los latidos de su corazón. Pensar que tendría que decirle adiós a Oliver mientras subía al coche de su padre para ir a sitios a los que ella no podría ir, para vivir cosas sin ella...

Se había acostumbrado a que estuvieran los tres juntos y tuvo que tragar saliva para seguir sonriendo.

—¿No vas a decir nada?

—A ver si lo entiendo... —empezó a decir Raoul—. Elegiremos un día para que esté unas horas con Oliver y, aparte de eso, no habrá ninguna relación entre nosotros...

—Yo preferiría que no lo llamases «relación» —lo interrumpió Sarah.

—¿Cómo te gustaría que lo llamase?

—Yo quiero pensar que somos amigos. Jamás pensé que pudiéramos serlo, pero me alegra que sea así.

—Amigos —repitió él.

—Sí, bueno... hemos trabajado juntos en este proyecto y no nos ha ido mal.

Sarah bajó la mirada, notando que se había tomado la copa de vino sin darse cuenta. La proximidad de Raoul era tan poderosa que tuvo que hacer un esfuerzo para no apartarse.

—¿Y eso es todo lo que quieres?

Desconcertada, ella levantó la mirada y, de inmediato, tuvo que tragar saliva. Sus rodillas se rozaban y los últimos rayos de sol habían desaparecido, dejándolos casi en la penumbra.

—Sí, claro —se oyó responder a sí misma.

–Dos amigos intercambiando unas palabras amables.

–Creo que es así como se hacen estas cosas.

–No es lo que yo quiero y tú lo sabes.

En la mente de Sarah aparecieron imágenes de las cosas que habían hecho en las últimas semanas; cosas que habían anulado la confianza en su habilidad de mantener una respetable distancia con Raoul. Y allí estaba, diciendo justo lo que ella no quería que dijese.

–Raoul...

Él vio ese momento de vacilación como un triunfo. Le había sorprendido saber cuánto seguía deseándola hasta que inventó la teoría del «algo por terminar». Con esa explicación en su cabeza, podía entender por qué le costaba tanto concentrarse en el trabajo y por qué no dejaba de pensar en ella.

–Me gusta cuando pronuncias mi nombre –murmuró, pasando un brazo por el respaldo del sofá para acariciar su cuello.

Sarah intentó recordar que Raoul Sinclair era un hombre que estaba programado para conseguir exactamente lo que quería... aunque no entendía por qué la quería a ella. Pero, mientras intentaba poner orden en sus pensamientos, su cuerpo la traicionó y sus ojos se clavaron en los de él; la conexión tan fuerte como un lazo de acero.

–Quiero besarte –murmuró Raoul, tan inseguro como ella.

–No, no es verdad. No puede ser.

–No vas a convencerme...

Sarah sabía que iba a besarla y sabía también que

debería apartarse, pero no podía moverse. Estaba inmóvil como una estatua, aunque por dentro sentía un torrente de emociones que amenazaban con hacerle perder la cabeza.

El roce de sus labios fue embriagador y echó la cabeza hacia atrás, el deseo haciendo que cerrase los ojos. Raoul se inclinó hacia delante... o tal vez había sido ella, no lo sabía, tan desconcertada estaba por un deseo que había intentado contener durante semanas. Dejó escapar un gemido cuando Raoul metió una mano bajo su blusa, provocando una serie de escalofríos por todo su cuerpo.

La mano que había apoyado en su torso para empujarlo se cerró en un inútil puño y se abrió después para tirar del cuello de su camisa.

Estaba ardiendo, sus pechos hinchados, sus pezones temblando de anticipación. Intentó contener un gemido de placer cuando él acarició sus costados, subiendo la mano para desabrochar su sujetador...

El sofá no era el más lujoso del mundo, pero Raoul estaba seguro de que no tendrían tiempo de subir a la habitación, de modo que tiró de la blusa, llevándose el sujetador en el proceso, y luego se detuvo para admirarla, medio desnuda, con los ojos cerrados y la perfecta boca abierta mientras sus pechos subían y bajaban agitadamente.

No podía creer cuánto la deseaba, tanto que era incapaz de formar un pensamiento coherente. Si la casa hubiera recibido el impacto de una bomba, no se habría dado cuenta.

Y, mientras se quitaba la ropa, se maravilló al pensar que era como si no hubiera pasado el tiempo.

Como si los recuerdos de Sarah nunca hubiesen estado enterrados como él había creído. Estaban intactos y eso demostraba que era la única mujer en su vida a la que nunca había podido olvidar. No la había olvidado porque lo que compartieron se rompió bruscamente. No había tenido tiempo de cansarse de ella.

Sarah vio que tiraba la ropa al suelo. Para ser un corredor de bolsa tenía el cuerpo de un atleta: anchos hombros, estómago plano, abdominales marcados y más abajo...

No podía apartar la mirada de la impresionante erección.

—Sigue gustándote mirarme —Raoul esbozó una sonrisa—. Y a mí me gusta mirarte.

El roce de la mano femenina en su miembro lo hizo temblar y enredó los dedos en su pelo al sentir la caricia de su delicada lengua donde antes había estado su mano.

Sarah sabía que debería apartarse, decirle que habían pasado cinco años, que aquello no podía ser. Pero siempre había sido débil con Raoul y eso no había cambiado.

Su sabor la transportaba al pasado y descubrió que no podía pensar. Todo los había llevado a ese momento y su cuerpo, que había pasado los últimos cinco años en la nevera, despertó a la vida. Y ella no podía hacer nada al respecto.

Mientras se quitaba el resto de la ropa, apenas se dio cuenta de que Raoul se apartaba para cerrar la puerta y después tiraba los cojines del sofá en el suelo. Pero sí lo oyó murmurar que el sofá no valía para hacer el amor a menos que uno midiese un metro.

–Esto es mucho mejor –anunció, tumbándola sobre los cojines y metiendo las manos bajo sus nalgas para levantarla hacia él–. Un sofá de un metro no puede acomodar a alguien que mide metro ochenta y siete.

–No recuerdo que hace cinco años fueras tan exigente –dijo Sarah, sin aliento. Había tanto de él que quería tocar, tanto que había echado de menos.

–Tendrás que decírmelo si he perdido el sentido de la aventura –murmuró él, viendo cómo se enrojecían sus mejillas cuando apretaba sus pezones entre el índice y el pulgar mientras ella acariciaba su erección.

Era un juego en el que dos personas que se sentían cómodas la una con la otra se daban satisfacción mutuamente, como los pasos de un baile bien ensayado.

Raoul se inclinó para besar su cuello, unos besos suaves y tiernos que la hacían suspirar. Y luego, aprovechando que sus pechos estaban levantados, empezó a chupar sus rosadas crestas, tirando de uno con los labios hasta que Sarah gritó de placer.

Era increíble pensar que el cuerpo que estaba acariciando había llevado una vez a su hijo y, de repente, Raoul sintió una punzada de amargura.

No habría sido el mejor momento para él y las circunstancias hubieran sido desastrosas. Sin embargo, y aunque nunca había pensado tener hijos, habría estado a su lado desde el principio y no se habría perdido los primeros años de vida de Oliver. Pero la amargura no era una emoción a la que Raoul estuviese acostumbrado y sabía que no valía de nada lamentarse.

De modo que, en lugar de hacerlo, inclinó la cabeza para besar el estómago de Sarah, tal vez no tan firme como cinco años atrás, pero sin estrías.

Cuando introdujo la lengua en su punto más sensible y la oyó gemir de placer, fue el momento más erótico de su vida...

Sarah movía la cabeza de lado a lado mientras Raoul la acariciaba, llevándola al borde del abismo. Tenía que hacer uso de toda su fuerza de voluntad para contenerse, pero lo quería dentro de ella y estaba desesperada por sentir ese momento en el que, con una embestida final, Raoul perdía el control y se derramaba dentro de ella.

—¿Tomas la píldora?

Esas tres palabras intentaban penetrar la niebla de su cerebro, pero Sarah tardó unos segundos en registrarlas.

—¿Eh?

—Yo no llevo preservativos —dijo Raoul, frustrado—. Y tú no tomas la píldora, lo veo en tu cara.

—No, no la tomo —asintió ella, dejando escapar un suspiro de pesar. Porque había aprendido la lección cinco años antes y no iba a ser tan tonta como para cometer otro error.

—Pero hay otras maneras de darnos placer...

—No, no puedo. Lo siento, no sé qué me ha pasado...

Avergonzada, se puso la blusa y las bragas a toda prisa mientras Raoul se apoyaba en un codo para mirarla.

—No me digas que de repente has tenido un ataque de escrúpulos.

–Esto es un error –Sarah se refugió en el sofá, levantando las piernas y abrazándose las rodillas mientras apartaba la mirada del cuerpo desnudo de Raoul.

No debía olvidar lo fácil que había sido para él dejarla cinco años antes, prefiriendo sus grandes planes.

Unas semanas antes, Raoul Sinclair era el mayor error de su vida. Encontrarse con él había sido una sorpresa, pero intentaba ver su reaparición como algo bueno para Oliver.

Sí, seguía afectándola y seguía sintiéndose atraída por él, pero estaba dispuesta a luchar porque sabía que debía protegerse.

Pero él se la había ganado con la misma tranquilidad con la que había aceptado algo que cambiaría su vida para siempre. Había controlado su ego y su orgullo para hacerse responsable de un niño de cuatro años al que no había visto nunca y cuya paternidad ni siquiera había cuestionado... bueno, al menos después de conocerlo.

Contra su voluntad y su sentido común había sucumbido a su buen humor, a su paciencia con Oliver, a su determinación de ganarse la confianza del niño...

¿Cuántos hombres habrían hecho eso?

Sarah sospechaba que muchos le habrían dado la espalda o habrían aceptado contribuir económicamente, sin involucrarse en la vida del niño.

De modo que, haciéndose responsable, Raoul le había recordado todas las razones por las que se había enamorado de él cinco años antes.

Y le daban ganas de ponerse a llorar al descubrir que, en lo fundamental, no había cambiado. Quería su cuerpo, pero no estaba interesado en sus sueños, en las esperanzas románticas que no la habían abandonado nunca porque eran parte de sí misma.

—Pues claro que no es un error —Raoul se pasó una mano por el pelo mientras la miraba. Parecía tan joven sentada en el sofá, abrazándose las piernas.

¿Había supuesto demasiado? No, claro que no. Las señales de que lo deseaba estaban bien claras. Le había dado luz verde y no entendía por qué de repente se echaba atrás. Las últimas semanas habían llevado inexorablemente a aquel momento; al menos, así era como él lo veía.

No era solo que siguiera afectándolo como siempre, que el brillo de sus ojos verdes lo hiciera sudar. No, habían conectado de una manera mucho más profunda y sabía que ella sentía lo mismo.

—De hecho, es lo más natural del mundo —añadió, con voz ronca.

—¿Por qué dices eso?

—Tú eres la madre de mi hijo y creo que está muy bien que sigamos sintiéndonos atraídos el uno por el otro —Raoul se sentó en el sofá, a su lado.

—Pues yo no estoy de acuerdo. Creo que eso lo complica todo.

—¿Por qué lo complica todo?

—Yo no quiero mantener una relación contigo —dijo Sarah—. Ah, un momento, se me olvidaba que no te gusta la palabra «relación», que te parece amenazadora.

—Quiero que admitas lo que es evidente, Sarah. No puedes negar que sigue habiendo química entre nosotros. Y más fuerte que hace cinco años.

A ella la aterrorizaba pero era cierto. No era un truco de su imaginación. En África eran dos chicos jóvenes, sin responsabilidades, a punto de dar sus primeros pasos en la vida. Vivían en una burbuja, apartados de la vida real. Pero allí no había burbuja y eso hacía que la atracción que sentía por Raoul fuese más perturbadora.

–No –protestó débilmente.

–¿Estás diciendo que, si yo no me hubiese apartado, lo habrías hecho tú?

Sarah se ruborizó, pero no dijo nada.

–Quieres apartarte, pero no puedes.

–No me digas lo que puedo o no puedo hacer.

–Muy bien, pero al menos deja que te diga una cosa: las últimas semanas han sido una revelación para mí. ¿Quién hubiera imaginado que lo pasaría tan bien en una cocina... especialmente en una cocina como la tuya? ¿O sentado frente a la televisión viendo dibujos animados? No esperaba volver a verte, pero en cuanto nos vimos supe que lo que sentía por ti hace cinco años no ha desaparecido del todo. Sigo deseándote y no estoy orgulloso de admitirlo.

–Desear a alguien no es suficiente –replicó Sarah, aunque sus palabras carecían de convicción.

–Es mejor que negar la verdad –dijo Raoul–. Los mártires son virtuosos, pero la virtud es un atributo dudoso cuando provoca infelicidad.

–¿Estás diciendo que voy a ser infeliz si dejo pasar la maravillosa oportunidad de acostarme contigo?

–Vas a ser infeliz si dejas pasar la oportunidad de hacer lo que quieres. Te lo niegas a ti misma, pero lo deseas.

A Sarah le gustaría negarlo, pero ¿cómo iba a hacerlo si tenía razón?

–No me gusta imaginarte saliendo con otros hombres –le confesó Raoul entonces.

–¿Por qué? ¿Estás celoso?

–¿Cómo voy a sentir celos de algo que aún no ha ocurrido? Además, yo no soy celoso –replicó él–. Pero sigo deseándote...

–En la vida hay cosas más importantes que el deseo físico.

–Digamos que en eso no estamos de acuerdo. Y como vamos a acabar en la cama tarde o temprano, yo propongo que no esperemos más. Hemos dejado algo por terminar, Sarah...

–¿Qué quieres decir?

Raoul tomó sus dedos para jugar con ellos, sin dejar de mirarla a los ojos.

–Hace cinco años hice lo que me pareció mejor para los dos, pero si hubiera podido quedarme en Mozambique... no sé si lo nuestro habría terminado.

–Habría terminado porque tú no estás interesado en relaciones sentimentales. Nos habríamos separado unos meses después, cuando te cansaras de mí.

–Pero, si me hubiera quedado, habríamos descubierto que estabas embarazada –señaló Raoul.

–¿Y eso habría cambiado las cosas? Tú me habrías ayudado con Oliver porque eres una persona responsable, pero nada más. ¿Por qué no admites que no habríamos terminado juntos?

–¿Y cómo voy a saber lo que habría pasado? ¿Tengo una bola de cristal?

–No necesitas una bola de cristal, Raoul. Solo tienes que ser sincero contigo mismo –respondió ella–. Nos habríamos separado tarde o temprano porque tú no quieres comprometerte con nadie –Sarah sacudió la cabeza, pensativa–. Sé que a veces soy débil contigo. Eres un hombre muy atractivo y, además, el padre de mi hijo, pero eso no significa que sea buena idea acostarnos juntos hasta que te canses de mí.

–¿No crees que podría ser al revés?

–No, no lo creo. Además, sería egoísta por nuestra parte convertirnos en amantes.

–¿Por qué?

–No quiero que Oliver se acostumbre a verte todos los días y, sobre todo, no quiero que piense que somos una pareja. Lo siento, pero lo mejor es que sigamos siendo... amigos.

Capítulo 6

SARAH se preguntó cómo había podido dejarse llevar por sus emociones hasta que estuvo a punto de terminar en la cama con Raoul. Eso de que «habían dejado algo por terminar» conjuraba visiones de algo desechable, de usar y tirar.

¿Había creído Raoul que se echaría en sus brazos para terminar lo que habían dejado a medias? ¿Había pensado que aceptaría eso de que seguía deseándola como si fuera un maravilloso cumplido?

Raoul no quería que saliera con otros hombres, pero no porque quisiera mantener una relación con ella, sino porque la quería en su cama hasta que consiguiera librarse de su recuerdo. Como si fuera un virus.

Era un arrogante y un egoísta y ella una tonta por pensar otra cosa.

Afortunadamente, Raoul le había dado un par de días de descanso porque había tenido que salir de viaje y, aunque la llamó los dos días que estuvo fuera, se limitaron a intercambiar un par de frases antes de pasarle a Oliver.

—He pensado que deberíamos contárselo este fin de semana –le dijo–. Pero no tienes que venir en cuanto llegues a Londres, Oliver estará dormido.

Al otro lado de la línea, Raoul frunció el ceño. No

debería haberla dejado pensar en lo que había dicho. Debería haberla besado hasta que olvidase sus dudas.

Claro que Sarah se habría apartado de todas formas. Lo que para él estaba tan claro, era un dilema para ella. Se decía a sí mismo que había otros peces en el mar, pero cuando abrió su agenda y empezó a mirar los nombres de otras mujeres hermosas, todas ellas encantadas de salir con él, descubrió que no sentía el menor entusiasmo.

Aunque antes se había sentido cómodo yendo a casa de Sarah a cualquier hora, Raoul se encontraba en aquel momento teniendo que cumplir un horario, de modo que llegó a las cinco y encontró a Oliver impecablemente vestido con unos vaqueros y un jersey mientras Sarah llevaba una camiseta vieja, el pelo mojado de la ducha y el pelo sujeto en una coleta.

–He pensado que deberíamos sentarnos para contarle la verdad –dijo Sarah–. Y luego puedes llevarlo a comer algo... una hamburguesa, una pizza o algo así. Sería buena idea que estuvierais solos un rato. También he hablado con mis padres y se han alegrado de que... en fin, de que vayas a hacerte responsable de la situación.

Raoul entendió «la situación» enseguida. Estaba dejando claro que, a partir de aquel momento, se comunicarían como si fueran extraños. Se mostraba seria con él y sus ojos verdes solo se iluminaron mientras le contaban la verdad al niño.

Por fin, Oliver sabía que era su padre y, como Sarah había pronosticado, su hijo se lo tomó muy bien.

Aceptó la noticia con expresión solemne y luego fue como si nada hubiese cambiado. Raoul le había llevado una caja de acuarelas que fue recibida con entusiasmo y Oliver le contó lo que había hecho por la mañana.

—Haz un par de fotografías cuando empiece a pintar en tu salón —se burló Sarah—. Me encantaría ver cómo reaccionan tus sofás de piel a las acuarelas.

—¿Es así como va a ser a partir de ahora? ¿Vas a tratarme como si no nos conociéramos?

—No, no, era una broma —dijo ella, inclinándose para colocar la mochila del niño—. Vas a ser bueno, ¿verdad, Oliver?

—Sí —respondió el niño.

—¿A qué hora lo traerás de vuelta? Porque voy a salir un rato.

—¿Dónde vas?

—No creo que sea asunto tuyo.

Raoul la miró de arriba abajo: ropa vieja, pelo mojado. Estaba esperando que se fueran para arreglarse.

—¿Y si no estuvieras en casa cuando volvamos?

—Tienes el número de mi móvil.

—¿Con quién vas a salir?

Sabía que era una pregunta absurda y que no tenía derecho a hacerla, ¿pero iba a salir con alguien la primera vez que él estaba solo con Oliver?

¿Sería un hombre? ¿Qué hombre? Le había dicho que no había nadie en su vida, que estaba demasiado ocupada trabajando y cuidando de Oliver como para salir con nadie, pero eso no significaba que no hubiera algún hombre esperando, dispuesto a lanzarse sobre ella en cuanto encontrase una oportunidad.

Cuanto más lo pensaba, más convencido estaba de que había quedado con un hombre. Uno de esos tipos sensibles y divertido que tanto le gustaban. ¿Se habría puesto esa ropa vieja para disimular?

Él era la persona menos fantasiosa del mundo y, sin embargo, no podía dejar de imaginar cosas... y sentía la tentación de quedarse hasta que respondiera a sus preguntas.

Sarah rio, incrédula.

—No puedo creer que hayas preguntado eso.

—¿Por qué?

—Porque no es asunto tuyo —respondió ella—. Venga, Oliver empieza a impacientarse. Nos veremos en un par de horas... y tú sabes cómo ponerte en contacto conmigo si lo necesitas.

Que Raoul se creyera con derecho a interrogarla sobre lo que hacía o dejaba de hacer indicaba que estaban en terreno peligroso, pensó Sarah. No eran amantes, pero lo habían sido una vez... o habían estado a punto de serlo.

Iba a salir con una amiga a tomar una pizza, pero no pensaba decírselo. Estaría fuera una hora y media como máximo y, aunque sabía que no debería importarle que él lo supiera, le importaba.

De modo que en lugar de ponerse vaqueros se puso una minifalda y, en lugar de zapatillas de deporte, unos zapatos de tacón alto. No sabía bien qué estaba intentando demostrar y se encontró incómoda en la pizzería, donde todo el mundo iba vestido de manera informal, pero dos horas después, cuando abrió la puerta, sintió una perversa satisfacción al ver la expresión de Raoul.

Oliver iba considerablemente menos limpio que cuando salió de casa. De hecho, podía adivinar qué habían comido por las manchas en su ropa.

–¿Qué tal ha ido?

Él tuvo que hacer un esfuerzo para dejar de mirar la minifalda y los tacones.

–Muy bien... –Raoul se oyó a sí mismo contándole lo que habían hecho, pero sin concentrarse en ello. Mientras cenaban, Oliver había sacado sus ceras de la mochila para pintar familias. No había que ser psicólogo para descifrar lo que significaban las dos figuras altas con un niño en el centro.

–Estupendo. Me alegro mucho –dijo Sarah.

Raoul frunció el ceño cuando empezó a cerrar la puerta.

–Tenemos que discutir los detalles del acuerdo y la mudanza. Todo está firmado, pero tienes que decirme qué quieres llevarte de aquí.

–¿Ya está todo listo?

–El tiempo vuela, ¿verdad? –murmuró Raoul, entrando en el cuarto de estar.

–Voy a meter a Oliver en la cama, volveré enseguida –dijo ella, suspirando.

Estuvo a punto de quitarse la minifalda, pero decidió no hacerlo. La conversación no duraría mucho, aunque le sorprendía que todo estuviera solucionado tan pronto. La casa necesitaba reformas y, aunque le había dicho a Raoul qué clase de muebles le gustaría, no habían vuelto a hablar del tema y pensó que tardarían meses en tenerla lista.

–No puedo creer que la casa esté terminada –le dijo cuando bajó de nuevo al cuarto de estar.

—Es asombroso lo que puede hacer el dinero —replicó él, sentado en un sillón.

—Tengo que hacer las maletas, pero casi nada de lo que hay aquí es mío...

—Afortunadamente —Raoul la observó mientras se sentaba frente a él, tirando de la indecente minifalda.

Y la parte de arriba no era mejor, un chaleco que apenas le tapaba el ombligo y que abrazaba sus pechos de una forma que llamaba la atención.

—Oliver está muy emocionado.

¿Para quién se habría puesto la minifalda y los tacones?

—Está deseando jugar en el jardín, sobre todo por el columpio que le prometí. ¿Lo has pasado bien?

Sarah, que estaba pensando en las cosas que tenía que llevarse, lo miró con cara de desconcierto.

—¿Perdona?

—Vas vestida como para ir a una discoteca y no me gusta.

Ella se agarró a los brazos del sillón, airada.

—Siento mucho que no te guste, pero no es asunto tuyo.

—La primera vez que tienes un rato para salir sola te pones una minifalda... imagino que habrás ido a ver cómo está el panorama para una mujer soltera.

—No tengo por qué responder a eso.

No, era cierto. Y su gesto enfadado le decía que no iba a darle ninguna explicación.

Raoul tuvo que reconocer que cuando se trataba de Sarah era posesivo y quería exclusividad. No quería que conociese a otro hombre y tampoco quería que se vistiera así para nadie más. Si iba a ponerse minifaldas y escotes, quería que lo hiciera solo para él.

Pero nunca había sido posesivo en toda su vida. ¿Era porque Sarah era mucho más que una mujer para él? ¿Porque era la madre de su hijo? ¿Se habría convertido en un dinosaurio sin darse cuenta?

No sabía cuál era la razón, pero pensar que Sarah pudiese ir a bailar vestida así lo hacía sentir escalofríos.

La idea de sentar la cabeza con una mujer nunca lo había interesado, pero la vida no era algo estático, sino cambiante. Las reglas del día anterior podían no tener validez al día siguiente. ¿Y no era la flexibilidad la prueba de una mente creativa?

Se preguntó entonces por qué había pensado que Sarah aceptaría lo que le había propuesto: acostarse juntos hasta que se cansaran el uno del otro. Sarah nunca aceptaría nada menos que una relación. Era cierto que la química sexual entre ellos era electrizante, pero para ella no sería suficiente.

–Hablemos de cosas prácticas –siguió Sarah–. Aún no he hablado con mi casero y tengo que darle un mes de aviso...

–Yo me encargo de eso.

–Y supongo que deberíamos discutir qué días te viene bien estar con Oliver. ¿O deberíamos esperar a que nos hayamos mudado? Ahora vivimos lejos del centro y el transporte público no es siempre fiable... bueno, nada, olvidaba que tú no viajas en transporte público.

Raoul se preguntó si estaría intentando poner en orden su agenda para saber con antelación cuándo debía incluirlo en su nueva y excitante vida.

¿Qué demonios le estaba pasando? ¡Estaba celoso!

Nervioso, se levantó y Sarah hizo lo propio.

—La casa estará lista a mediados de semana.

—¿Y mis cosas?

—Haré que las lleven allí. Si los muebles no son tuyos, imagino que solo tendrás que llevarte la ropa y los juguetes del niño.

—Sí, bueno...

—Será muy sencillo, no te preocupes. La casa estará a tu nombre y no tendrás miedo de que el casero te eche. En realidad, solo será un cambio de dirección.

—Mis padres están encantados con la idea. Esta casa no les gustaba nada.

—Y eso me lleva a algo que no hemos discutido: tus padres.

—¿Qué pasa con ellos?

—Quiero conocerlos.

—¿Para qué? —exclamó Sarah.

En realidad, sospechaba que no la habían creído cuando les dijo que se había encontrado con Raoul, pero que todo iba bien porque no sentía absolutamente nada por él.

—Porque Oliver es mi hijo y ellos son sus abuelos —respondió Raoul—. Imagino que vendrán a verlo a Londres y el niño irá a verlos a Devon...

—Sí, claro, pero...

—Y tampoco quiero pasar el resto de mi vida dejando que tus padres tengan una idea equivocada de mí.

—No tienen una idea equivocada de ti. Les he contado el tiempo que pasas con Oliver y que nos has comprado una casa.

–De todas formas, me gustaría conocerlos.

–Tal vez la próxima vez que vengan a Londres.

–No, quiero conocerlos en los próximos quince días.

Con la nueva casa y una fecha en la agenda para visitar a sus padres en Devon, Sarah se sentía como en una montaña rusa, agarrándose por los pelos.

Sus posesiones cabían en unas cuantas cajas, lo cual parecía decir poco del tiempo que había pasado allí. Aunque, con la mano en el corazón, no podría decir que fuese a echar de menos muchas cosas. Los vecinos eran agradables, aunque solo los conocía de vista, pero había pasado tantas noches en vela debido a sus dificultades económicas que, cuando el chófer que Raoul había enviado a buscarlos el miércoles por la mañana arrancó, Sarah no se molestó en mirar atrás.

Oliver apenas podía contener su emoción. El asiento del Range Rover estaba lleno de juguetes y el chófer, que debía de saber quién era porque desde el principio Raoul le había dicho que le importaba un bledo lo que pensasen lo demás, lo miraba sin poder disimular su curiosidad.

No se preguntó si vería el parecido entre Oliver y Raoul porque era evidente, pero debía de sorprenderlo que un niño tratase el caro coche de su jefe con tal falta de respeto.

Poco después llegaron a su nuevo barrio y Sarah se quedó encantada al ver la calle flanqueada por árboles. Era como estar a muchos kilómetros de una gran ciudad, aunque estaban prácticamente en el cen-

tro de Londres. Aquella preciosa residencia no tenía
nada que ver con la casucha en la que habían estado
viviendo hasta ese momento...

Aunque tuviese sus dudas, no podía negar que
Raoul los había rescatado de una vida miserable. Y,
al pensar que eran amigos, se le hizo un nudo en la
garganta. Se había sentido tan ofendida cuando sugirió que se hicieran amantes sencillamente porque se
sentían atraídos el uno por el otro. Y tan dolida de que
solo la quisiera en su cama como una forma de exorci-
zar los fantasmas del pasado...

Había hecho lo que debía al decirle lo que podía
hacer con una proposición tan arrogante y egoísta.

¿O no?

¿Se habría apresurado al reaccionar así?

Sarah intentó olvidarse de ello mientras guardaba
los juguetes de Oliver en una bolsa.

Raoul estaba esperando en la puerta de la casa.

—Debería haber ido a buscaros, pero tenía una reunión.

—No importa —Sarah entró en el vestíbulo y se quedó
boquiabierta porque no se parecía nada a la casa que
había visto unas semanas antes.

La madera del suelo estaba recién barnizada y fue
de habitación en habitación, admirando los muebles.
Era exactamente como ella la hubiera decorado...
desde las cortinas del cuarto de estar a los restaurados
ladrillos victorianos alrededor de la chimenea.

Raoul le mostró la cocina de leña con la que había soñado siempre y la antigua cómoda en su dormitorio, que había sacado de una revista de decoración.

–Habías doblado la página y pensé que era la clase de mueble que te gustaba.

Oliver estaba en la puerta del jardín y miraba el columpio con los ojos como platos.

–Muy bien –dijo Sarah, riendo–. Vamos a echar un vistazo al jardín.

Oliver corrió al columpio sin esperar más.

–¿Te gusta? –le preguntó Raoul.

–Claro que me gusta. Pero cuando vine a ver la casa, el jardín no estaba plantado –respondió ella, mirando los arbustos y las flores que había por todas partes. Incluso había una mesa y sillas en el patio.

–Se lo encargué a unos diseñadores de jardines, pero puedes cambiar lo que quieras.

–No, no quiero cambiar nada.

–¿Por qué no subimos a la segunda planta? Voy a decirle al chófer que vigile a Oliver. Si intentamos bajarlo del columpio, creo que podríamos tener una pelea entre las manos.

Raoul había contratado a un carísimo decorador, pero en lugar de darle un cheque para que hiciese lo que quisiera, como había hecho en su ático, le había dicho claramente lo que quería. Sabía que Sarah odiaba la decoración moderna y minimalista, de modo que nada de acero o cromo sino muebles de madera y sofás amplios y cómodos. No había comprado ningún cuadro, aunque había estado a punto de adquirir unos paisajes que hubieran sido una buena inversión, se había esforzado por hacer realidad el sueño de Sarah.

–No puedo creer que esta sea nuestra nueva casa –murmuró ella, acariciando la chimenea de su dormitorio. Una maravillosa cama con dosel ocupaba el centro de la habitación y las ventanas daban al jardín. Desde allí podía ver a Oliver en el columpio, empujado por el chófer de Raoul–. ¿Tú has elegido los muebles?

Raoul se puso colorado. No era muy masculino elegir muebles para una casa... especialmente cuando tenía un millón de cosas reclamando su atención en la oficina. Pero le había molestado el rechazo de Sarah y se había dado cuenta de que, a pesar de que a él le parecía lo mas lógico, con ella no podía dar nada por sentado.

–Creo que sé lo que te gusta –murmuró.

Ella tuvo que contener el deseo de abrazarlo. Cuando hacía cosas así, era lógico que perdiese la fuerza de voluntad. No había esperado encontrar una casa amueblada y decorada... y todo era perfecto, además. Desde las cortinas de terciopelo gris claro en el cuarto de estar al elegante papel pintado del dormitorio principal.

Y la habitación de Oliver, al lado de la suya, era todo lo que un niño de cuatro años podía desear, con una cama en forma de coche y papel pintado con personajes de sus dibujos favoritos.

Sin embargo, debía recordarse a sí misma que había hecho bien en rechazar su proposición de ser amantes. Raoul era encantador y se estaba portando muy bien con ellos, pero seguía siendo un hombre que no quería compromisos y siempre sería así. Para él, comprometerse con una mujer era equivalente a una cadena perpetua.

Y convertirse en su amante sería la muerte para cualquier tipo de amistad porque, al final, ella acabaría sufriendo. Sabía que, si se acostaba con él, sería imposible guardarse nada de sí misma.

Pero que se hubiera esforzado tanto para que la casa fuera de su gusto la conmovía.

–Tendremos que hablar de los derechos de visita –le dijo, intentado ser amable y práctica al mismo tiempo.

Raoul la miró, perplejo. Había esperado una reacción más favorable dado el tiempo y el esfuerzo que había puesto en la casa...

¿Desde cuándo el *quid pro quo* hacía un papel en las relaciones humanas?, se preguntó, molesto consigo mismo. ¿Era ese el legado que había recibido de su dura infancia?

–No quiero visitas semanales –le dijo, cruzándose de brazos.

–Puedes venir a ver a Oliver cuando quieras, pero me gustaría saber cuándo para que el niño no te espere todos los días. Sé que tu trabajo es impredecible...

–¿Ha sido impredecible hasta ahora?

–No, pero...

–He ido a ver a Oliver cada vez que te he dicho que iría.

–Sí, es verdad.

–Yo entiendo lo importante que es ser predecible cuando se trata de un niño, Sarah. No olvides que tengo experiencia. He visto a muchos niños esperando frente a las ventanas a unos padres que no aparecían nunca.

–Sí, claro.

–Yo sé el daño que hace eso.

–¿Entonces qué sugieres? Oliver empieza el colegio en septiembre y tal vez deberías verlo los fines de semana hasta que se acostumbre a su nueva rutina.

Los niños están agotados y de mal humor cuando empiezan el colegio.

–No me gusta la idea de ser padre a tiempo parcial.

–No lo serás.

–¿Cómo voy a estar seguro de que la situación seguirá como hasta ahora?

–No te entiendo.

–¿Cuánto tiempo tardarás en encontrar a otro hombre?

Raoul pensaba en ella vestida para matar, yendo de discoteca en discoteca...

Sarah lo miró, incrédula. Y luego soltó una carcajada.

–Ah, ya veo, como el otro día llevaba minifalda crees que salí con algún hombre. Crees que me puse los tacones y me dediqué a coquetear con todo el que encontré a mi paso.

Raoul tuvo la decencia de enrojecer ligeramente, pero no dejó de mirarla a los ojos.

–¿Crees que soy el tipo de persona que vive discretamente durante cuatro años criando a su hijo y luego, de repente, en cuanto tiene un par de horas libres se lanza a la aventura?

–No es tan difícil de creer. Tú misma dijiste que estabas deseando tener tiempo libre para encontrar a tu caballero andante... si eso existe todavía.

–Yo no he dicho nada de eso –replicó ella–. Solo dije que tendría un poco de tiempo para mí misma. Además, el sábado salí a tomar una pizza con una amiga. ¿Satisfecho?

–¿Qué amiga?

–Una amiga de Devon –respondió Sarah–. Aunque no es asunto tuyo.

–¿Por qué no me lo contaste el sábado?

–No tengo por qué darte explicaciones, Raoul.

–¿No te gustó ni un poquito ponerme celoso?

Era la primera vez que expresaba una emoción así. Raoul le había dicho muchas veces que no era una persona celosa y su admisión hizo que Sarah se ruborizase. De repente, consciente de su proximidad, notó que respiraba agitadamente.

–¿Estás diciendo que te pusiste celoso?

Después de haber dicho más de lo que pretendía, Raoul se negaba a seguir hablando de ello.

–Solo digo que no me gustó cómo ibas vestida. Tienes un niño de cuatro años...

–No tienes que recordármelo, lo sé perfectamente –lo interrumpió Sarah–. No pensarás que vas a decirme cómo debo vestir, ¿verdad, Raoul? Además, ahora mismo tengo demasiadas cosas en la cabeza como para pensar en conocer a un hombre.

–Y yo no estoy preparado para que llegue ese momento –dijo Raoul–. No quiero contentarme con pasar dos tardes a la semana con Oliver y tú no puedes decir que no es mejor para un niño vivir con su padre y con su madre.

–Cuando su padre y su madre son una pareja, desde luego –replicó Sarah.

–Aunque no lo sean –insistió él.

–¿Qué estás diciendo?

–¿Quieres un compromiso? Pues muy bien, por Oliver, estoy dispuesto a casarme contigo.

Capítulo 7

DURANTE unos segundos, Sarah se preguntó si había oído bien. Y luego, durante unos segundos más, disfrutó de la felicidad que le daba esa proposición.

Al escuchar a Raoul pronunciado esas palabras se dio cuenta de que eso era exactamente lo que había querido cinco años antes.

Sus maletas estaban hechas y ella esperaba que sellase la relación, pero entonces su repuesta había sido dejarla plantada.

—¿Me estás pidiendo que me case contigo?

—Es lo más lógico.

—¿Por qué ahora?

—No sé si te entiendo.

—Imagino que la única razón por la que quieres casarte conmigo es porque no te gusta la idea de sentirte desplazado si aparece otro hombre.

—Oliver es mi hijo y, naturalmente, no me gusta la idea de que otro hombre entre en su vida y haga el papel de padre.

¿Le habría pedido que se casara con él de no haberla visto con esa minifalda?, se preguntó Sarah entonces. Empezaba a pensar que Raoul había sacado conclusiones precipitadas.

No le había pedido que se casara con él al principio, cuando le contó que tenían un hijo, seguramente
porque seguía pensando que era suya, que podía tenerla cuando quisiera porque seguía siendo la misma
chica ingenua, locamente enamorada de él. Hasta que
pensó que tal vez hablaba en serio al decir que cuando
compartiesen la custodia de Oliver tendría una nueva
vida.

A Raoul le gustaba llevar el control de todo lo que
había a su alrededor. Cuando vivían juntos en el campamento de Mozambique siempre era él quien tomaba las decisiones...

¿El temor de que pudiera escapar de sus garras habría despertado tal proposición?

–No sabía que quisieras casarte –dijo Sarah, mirando hacia la ventana para ver a Oliver meciéndose
en el columpio.

–Y yo no pensé que tendría hijos, pero la vida es
así.

–Siento mucho que Oliver haya interrumpido tus
grandes planes.

–No digas eso. Puede que yo no hubiera planeado
tener hijos, pero ahora que lo tengo no desearía que
fuese de otra manera.

–Sí, lo sé. Pero que tú y yo nos casáramos sería un
desastre.

–No veo por qué.

–¿Qué ha cambiado desde que supiste de la existencia de Oliver?

–¿Te haces la dura porque crees que debería haberte pedido en matrimonio en cuanto descubrí que
tenía un hijo?

–No, claro que no. Y no estoy «haciéndome la dura», sé que esto no es un juego. Tú no quieres casarte conmigo, Raoul, solo quieres que no conozca a otro hombre porque temes que eso ponga en peligro tu relación con el niño. Y la única manera de conseguirlo es poniéndome una alianza en el dedo.

Sarah se dio la vuelta para salir de la habitación, pero antes de que pudiese hacerlo él la tomó del brazo.

–¡No vas a dejarme con la palabra en la boca!

–No quiero seguir hablando de esto.

Raoul la miró, incrédulo.

–No puedo creerlo. Te pido que te cases conmigo y actúas como si te hubiera insultado.

–Quieres que te esté agradecida y no lo estoy. Cuando soñaba con casarme no imaginaba una proposición hecha con desgana por parte de un hombre que tiene un motivo oculto para hacerlo.

–Esto es ridículo. Estás sacando las cosas de quicio, Sarah.

–¿Tú crees?

–Oliver necesita una familia y nosotros nos llevamos bien –insistió Raoul. Aunque no podía negar que la posibilidad de que Sarah saliera con otros hombres había generado esa decisión. ¿Lo convertía eso en un obseso del control? No.

–En otras palabras, y tomando todo en cuenta, ¿por qué no vamos a probar? ¿Es así, Raoul?

Los dos se quedaron en silencio hasta que Sarah notó que una gota de sudor corría por su espalda. ¿Por qué era tan difícil hacer lo que era correcto? ¿Y por qué le resultaba tan difícil mantener una actitud fría y práctica con Raoul? ¿No merecía ella algo más que ser una esposa de conveniencia, aunque estuviese enamorada de él? ¿Qué clase de futuro esperaba a dos personas que se unían por la razón equivocada?

–Mira, sé que la situación ideal para un niño es tener a su padre y a su madre, pero sería un error sacrificar nuestras vidas por Oliver.

–¿Por qué tienes que ponerte tan dramática? Estoy intentando ser práctico...

–Hay cosas con las que no se puede ser práctico.

–Para mí no sería un sacrificio –se apresuró a decir él–. ¿No nos hemos llevado bien durante estas semanas?

–Sí, nos hemos llevado bien... –asintió Sarah.

Demasiado bien. Tanto que había sido peligrosamente fácil enamorarse de nuevo y sabía que tendría que pagar un precio por ello. Un matrimonio de conveniencia habría sido mucho más aceptable que aquella relación sin emociones. Entonces podría verlo como una transacción conveniente para los dos.

–Y sé que no te gusta escuchar esto –siguió Raoul–, pero tú y yo nos llevamos bien en todos los sentidos.

–¿Por qué todo tiene que ver con el sexo para ti? –murmuró Sarah, cruzando los brazos–. ¿Es porque crees que es mi debilidad?

–¿No lo es?

De repente, estaba sofocantemente cerca. Incapaz de mirarlo a la cara, clavó los ojos en su torso, pero los dos primeros botones de su camisa estaban desabrochados y podía ver el fino vello oscuro que asomaba por el cuello...

–No hay nada malo en eso –murmuró Raoul, con una voz de terciopelo que le puso la piel de gallina–. De hecho, me gusta. Si nos casáramos, Oliver tendría un hogar estable y nosotros disfrutaríamos el uno del otro. No tendríamos que seguir torturándonos con preguntas, ni me darías más charlas sobre que no debemos tocarnos mientras me miras con esos ojos ardientes...

Aunque no estaba tocándola, Sarah sentía como si así fuera porque su cuerpo ardía escuchando esas palabras.

–Yo no te veo... de ese modo.

–Tú sabes que sí. Y es mutuo. Cada vez que te veo tengo que darme una ducha fría –Raoul inclinó a un lado la cabeza–. Solo te pido que lo hagamos legal.

Oliver la llamó desde el jardín en ese momento y Sarah salió del trance dando un paso atrás.

–No, imposible.

–No puedo llevarte pataleando a la iglesia –siguió Raoul, mientras ella se volvía para salir de la habitación–, pero piensa en lo que he dicho y en las consecuencias si tu respuesta es que no.

–¿Es una amenaza?

–Yo no suelo amenazar a la gente. Nunca he tenido que hacerlo. Pero en lugar de pensar solo en ti misma, intenta pensar en Oliver y en mí.

–¿Estás diciendo que soy una egoísta?

–Si eso es lo que crees...

–No soy tan cínica como tú, Raoul. Pero eso no me convierte en egoísta.

Él no entendía por qué se negaba y sacudió la cabeza, frustrado.

–¿Qué tiene de cínico querer lo mejor para nuestro hijo? Tienes que pensar en mi proposición, Sarah –le dijo–. Si a mí no me gusta la idea de que otro hombre aparezca en tu vida, ¿qué pensarías tú si otra mujer ocupase tu sitio?

Dejar esa pregunta colgando en el aire era una amenaza, en opinión de Sarah. Además, durante el resto del día la trató con fría formalidad y se preguntó si esa era su manera de hacerle ver cómo podría ser la vida si le decía que no.

Y no le gustaba nada que le hubiera dado un ultimátum. Oliver necesitaba a su padre y a su madre, como cualquier niño, era cierto. Se llevaban bien, seguía habiendo esa química sexual entre ellos. ¿La solución para Raoul? Casarse. Porque ella había rechazado su oferta inicial: ser amantes hasta que se aburriera.

El matrimonio resolvería el problema de que otro hombre apareciese en su vida y también satisfaría su deseo físico. Tenía tanto sentido para él que cualquier objeción por su parte solo podía ser interpretada como egoísmo.

Era absolutamente ridículo.

Sarah no pudo dejar de pensar en ello durante los días siguientes, pero no era capaz de tomar una decisión.

Raoul iba a buscar a Oliver los días que habían establecido y lo llevaba al cine, al parque o a cenar. Le había pedido opinión sobre las actividades y se había reído cuando le advirtió que cualquier restaurante con manteles blancos debía ser evitado a toda costa, pero en sus conversaciones había una pátina de formalidad que le parecía muy irritante.

Claro que tal vez estaba imaginándolo. La proposición de matrimonio seguía dando vueltas en su cabeza y tal vez eso la había hecho hipersensible.

Había intentado sacar el tema dos veces para explicarle su punto de vista de una forma que no la hiciera sentir como si *ella* fuese la culpable, pero en ambas ocasiones su respuesta había sido repetir que debía pensarlo cuidadosamente.

–Espera a ver cómo funciona esto antes de tomar una decisión que podrías lamentar.

En unas pocas palabras había conseguido hacerla parecer irresponsable, insensata e incapaz de tomar decisiones correctas.

Sarah intentó insistir de nuevo, pero él había cambiado de tema, dejándola airada.

Y, en el fondo de su mente, estaba la incómoda idea de que Raoul pudiese encontrar a otra mujer. Después de haber aceptado por fin la idea de casarse, ¿podría tener una relación seria con otra mujer? Tenía una aversión casi congénita a atarse a otra persona, pero entonces había aparecido Oliver, tirando la fortaleza que había construido a su alrededor...

Por supuesto, le había pedido que se casara con él por las razones equivocadas, pero había tenido que saltar un obstáculo enorme para hacerlo. Aunque él lo considerase el paso más lógico.

¿Y si después de haber saltado ese obstáculo se permitía a sí mismo abrirse a la realidad y casarse con otra mujer?

Cuando pensaba eso, sentía pánico. Podía darle

largos discursos morales sobre la importancia de no casarse simplemente por un niño. Podía rechazar la idea de forjar una unión tan íntima como el matrimonio sin bases sólidas porque temía no poder sobrevivir a esa intimidad sin querer demasiado.

Pero ¿qué sentiría si Raoul decidiera casarse con otra mujer?

Podría ocurrir. Tener un hijo parecía haber alterado su forma de pensar, aunque él no quisiera reconocerlo todavía, y Sarah se preguntaba si habría cambiado tanto como para considerar las ventajas de tener una mujer en su vida de forma permanente, alguien que pudiera ser una madre sustituta...

Y Sarah se ponía enferma al pensar que Oliver pudiera tener una madrastra.

Claro que para Raoul, que era un hombre responsable, no sería fácil seguir saliendo con mujeres a partir de aquel momento...

¿Querría que su hijo lo viera como un mujeriego? No, claro que no.

Si había aprendido algo, era que Raoul Sinclair era capaz de hacer sacrificios cuando se trataba de Oliver y que no querría dar un mal ejemplo.

Sarah se encontró pensando en ello a menudo mientras se instalaban en la casa.

No había nada que hacer en temas de decoración porque todo estaba hecho ya, pero sí colocó fotografías familiares y detalles personales. La nevera, por ejemplo, se convirtió en el marco para los dibujos de Oliver y las mantas que su madre había tejido reposaban sobre el respaldo del sofá del cuarto de estar, donde el niño solía ver la televisión.

Todo estaba como debería estar... de hecho, aquella casa era un sueño. Pero por las noches apenas pegaba ojo y perdía la concentración pensando en Raoul cuando estaba haciendo algo.

Él seguía portándose como un caballero y Sarah se encontró preguntándose en más de una ocasión a qué se dedicaría los días que no estaba con Oliver.

No se había dado cuenta de lo acostumbrada que estaba a verlo casi todos los días y cuando intentó que le contase algo, Raoul se limitó a enarcar una ceja, diciendo que no era asunto suyo.

Dos días antes de ir a Devon a visitar a sus padres, Raoul volvió con Oliver a casa después de ir al cine y, en lugar de despedirse, le dijo tranquilamente que tenía tiempo para charlar un rato.

–Tengo que bañar a Oliver...

–Te espero en la cocina.

Le había dado dos semanas y dos semanas era tiempo suficiente. Él no estaba acostumbrado a esperar a que alguien le diese una respuesta, especialmente cuando el asunto en cuestión no debería exigir tanta deliberación, pero había decidido darle tiempo.

Aunque se sentía atraída por él, y estaba seguro de ello, se había negado a ser su amante y no creía que lo hubiera hecho porque buscase algo mejor. La verdad era que Sarah ya no era su fan número uno. Le había hecho mucho daño cinco años antes y eso, combinado con las dificultades de ser madre soltera y sin dinero, la había endurecido.

Raoul sabía que no podía presionarla para que se casara con él; en ese aspecto, no tenía el menor control. Pero esperar lo volvía loco, sobre todo al recordar lo fáciles que habían sido las cosas antes.

Sarah volvió a la cocina media hora después. Se había puesto unos vaqueros gastados que colgaban de sus delgadas caderas y una camiseta que dejaba al descubierto su ombligo cuando alargó una mano para sacar dos tazas del armario.

–Bueno... –empezó a decir, cuando los dos estaban sentados frente a una taza de café. Aquella cocina, al contrario que la anterior, era lo bastante grande como para tener una mesa con seis sillas y, deliberadamente, Sarah se sentó lo más lejos posible de él–. ¿Querías hablar conmigo?

–Sí.

–Ya sé que te lo he dicho cien veces, pero esta casa es perfecta. Y hay tantas cosas que hacer por aquí... he encontrado un parque a la vuelta de la esquina y hay muchos niños de la edad de Oliver.

Raoul la observaba en silencio, esperando que terminase.

–Hace dos semanas te hice una pregunta.

Como no había pensado en otra cosa, ella asintió con la cabeza.

–No voy a esperar para siempre, Sarah. Te he dado tiempo para que te instalases y ahora... ¿cuál es tu respuesta?

–¿Puedo pensarlo unos días más? El matrimonio es un paso muy importante.

–Tan importante como tener un hijo.

–Sí, pero...

–¿Vamos a volver a la monótona ruta del sacrificio?

–No –dijo Sarah, molesta por su tono burlón.

–¿Entonces cuál es tu respuesta? –insistió Raoul. Por su expresión, cualquiera diría que estaba condenándola a veinte años de cárcel. Y, sin embargo, cinco años antes habría saltado de alegría–. Si me dices que no, me iré.

–¿Qué quieres decir con eso? ¿Estás diciendo que vas a abandonar a Oliver?

–¡Pues claro que no! ¿Cuándo vas a dejar de verme como un monstruo? Yo nunca abandonaría a mi hijo.

–¿Entonces qué estás diciendo?

–Que me pondré en contacto con un abogado y él se encargará de legalizar los derechos de visita. Me verás solo cuando sea absolutamente necesario y solo cuando tenga algo que ver con Oliver. Naturalmente, no tendré control alguno sobre tu vida privada y podrás salir con quien quieras, pero será lo mismo para mí. ¿Lo entiendes?

Sarah se había puesto pálida. Lo perdería para siempre, pensó. Raoul conocería a otra mujer... sería solo una cuestión de tiempo y el asunto del amor no tendría nada que ver. Y ella se quedaría fuera, mirando.

Y no dejaría convenientemente de amarlo solo porque él se hubiera alejado.

Tal vez no la amaba, pero sería un padre maravilloso y se ahorraría la pena de no volver a verlo.

¿Quién había dicho que uno podía tenerlo todo?

Se daba cuenta de que iba a aceptar migajas y le gustaría preguntarle qué pasaría cuando se aburriese de ella. ¿Tendría una doble vida? Esa era una pregunta para la que no quería respuesta.

Siempre había pensado que un matrimonio sin amor estaba destinado al fracaso y jamás había imaginado que se casaría con un hombre que no la quería y que solo estaba a su lado porque se había encontrado en esa situación. El deber y la responsabilidad eran cosas maravillosas, pero nunca le habían parecido suficiente. Raoul, por otro lado, parecía aceptar lo inevitable y ella tendría que aceptarlo también porque la alternativa era insoportable. Aunque se odiaba a sí misma por su debilidad.

—Me casaré contigo —dijo por fin.

Raoul sonrió, aunque había sentido un momento de pánico al pensar que iba a rechazarlo. Y él nunca sentía pánico. Ni siquiera cuando tuvo que enfrentarse con un hijo del que no sabía nada. Cuando supo que su vida iba a cambiar irrevocablemente había estudiado la situación y lidiado con ella. Pero mientras esperaba que Sarah le diese una respuesta había sentido una sofocante presión en el pecho, como si estuviera al borde de un precipicio, a punto de saltar.

Raoul se levantó, pensando que lo más sensato sería formalizar el acuerdo antes de que ella pudiese reconsiderar su respuesta.

—He pensado que lo mejor sería hacerlo lo antes posible, en cuanto tengamos los papeles. A mí me gustaría que fuese una ceremonia sencilla... —Raoul se detuvo para mirarla. El pelo caía sobre sus hombros y le gustaría enredar los dedos en los suaves mechones, pero sabía que no debía hacerlo—. Pero eres tú quien siempre ha soñado con casarse, de modo que puedes decir qué clase de ceremonia quieres. Podemos tener mil invitados en la catedral de San Pablo o...

Sarah abrió la boca para decir que le daba igual porque no sería un matrimonio de verdad. Sí, habían sido amantes una vez, pero se había equivocado al pensar que Raoul la quería tanto como lo quería ella.

Entonces él no había querido casarse y tampoco quería hacerlo ahora. El matrimonio para Raoul era la única forma de asegurarse que sería algo permanente en la vida de su hijo.

—Prefiero una ceremonia sencilla —dijo por fin.

—Y tradicional —añadió él—. Imagino que eso es lo que querrás, por tus padres. Recuerdo que me contaste algo sobre una pulsera que tu abuela le había dejado a tu madre y que ella guardaba para cuando tú te casaras. Dijiste que significaba mucho para ti.

—¿Cómo es posible que te acuerdes de eso?

—Ya te dije que me acordaba de muchas cosas.

—Sí, bueno, creo que la ha perdido.

—¿La ha perdido?

—En el jardín. Se la quitó para plantar unas semillas y debió de mezclarse con la tierra y las hojas... —Sarah se encogió de hombros—. Así que la pulsera ya no existe.

—Es una pena.

—¿Entonces nos casaremos y viviremos aquí?

—En esta casa, sí.

—¿Y qué harás con tu apartamento?

Raoul se encogió de hombros. Su apartamento no tenía ya el menor interés para él. La decoración fría y moderna, los cuadros abstractos que había comprado como inversión, los caros electrodomésticos de la cocina, los muebles de diseño, la imponente tele-

visión de plasma en el salón, todo ello parecía pertenecer a una persona a la que no reconocía.

–Supongo que lo conservaré. No necesito ven-
derlo o alquilarlo.

–¿Para qué vas a conservarlo?

–No lo sé. ¿Qué más da?

–Solo lo pregunto por curiosidad.

Iban a casarse. No sería un matrimonio ideal y Sarah sabía que su naturaleza recelosa torpedearía cualquier posibilidad de que fuera un éxito. En cuanto
Raoul le dijo que conservaría el apartamento había
imaginado que un apartamento vacío sería muy conveniente cuando quisiera apartarse de ella.

Pero intentó hacer lo posible por no pensar así
porque eso no la llevaría a ningún sitio.

–Supongo que lo conservas por razones sentimentales.

Raoul negó con la cabeza.

–No tengo ninguna razón sentimental para conservarlo. Es un sitio que compré cuando gané mi primer
millón, pero últimamente me aburre. Creo que me he
acostumbrado a un poco más de caos –respondió, absolutamente relajado después de haberse salido con
la suya.

De repente, pensar que viviría con él hizo que Sarah sintiese cierta aprensión. ¿Deberían marcar algunos parámetros para su matrimonio? No sería un matrimonio normal, de modo que debía haberlos y eso
era algo de lo que deberían hablar. Había cosas que
debían dejar bien claras antes de casarse.

–Deberíamos hablar...

–¿Sobre qué?

–¿Cuáles son tus expectativas?

Raoul frunció el ceño.

–¿Quieres que te haga una lista?

–No por escrito, eso sería una bobada. Pero esta no es una situación sencilla.

–Es tan sencilla o tan difícil como nosotros queramos, Sarah.

–Yo no creo que sea sencilla en absoluto y estoy intentando ser práctica. Para empezar, imagino que querrás que firme un acuerdo de separación de bienes.

Se le había ocurrido en el último momento, como que establecer unas reglas podría darle cierta protección, al menos psicológica. La mente era capaz de cualquier cosa y tal vez, solo tal vez, podría entrenar a la suya para que fuese menos emocional. Al menos, de cara a Raoul.

Además, él se sentiría aliviado. Aunque era imposible saberlo cuando la miraba con esa expresión indescifrable.

–¿Eso es lo que quieres? –le preguntó Raoul.

¿Por qué tenía que ser solo él quien viera aquel matrimonio con distancia? ¿Era malo que ella intentase hacerlo también? Raoul no sabía que la razón por la que había aceptado casarse era que estaba enamorada de él, pero ¿por qué tenía que importar eso? Raoul Sinclair no tenía el monopolio de la sensatez, que era la patética razón para aquel matrimonio.

–Yo creo que sería buena idea –respondió, intentando ser justa–. Así no habrá problemas con el dinero. Además, creo que los dos deberíamos reconocer que lo máximo que podemos conseguir es una buena amistad.

Se le encogió el corazón al decirlo, pero sabía que debía disimular el amor que sentía por él. Por un lado, si Raoul supiera lo que sentía, el equilibrio de la relación se vería comprometido. Por otro, y eso sería casi peor, sentiría compasión por ella. Incluso podría decirle que en ningún caso el deseo que sentían el uno por el otro iba a convertirse en algo más.

Pero, si fingía que veía aquel matrimonio con la misma frialdad que él, al menos podría evitar el desastre.

Ese pensamiento le dio fuerzas para mantener una sonrisa.

—Si crees que vamos a embarcarnos en un matrimonio sin sexo... —Raoul hizo una mueca.

Sarah levantó una mano.

—No estoy diciendo eso. No vamos a privarnos de lo único que tenemos en común —le dijo, poniendo una mano en su torso.

—¿Entonces por qué no aceptaste ser mi amante? —le preguntó él, tomando su mano para jugar con los dedos—. Es lo mismo, ¿no?

—No, no lo es —respondió Sarah—. No me gustaba la idea de ser tu amante hasta que te cansaras de mí. ¿Quieres reconsiderar tu propuesta?

—No, no —Raoul esbozó una sonrisa—. Esto es exactamente lo que quiero.

Capítulo 8

UNA SEMANA después, Raoul no estaba seguro de haber conseguido lo que quería, aunque no podría decir por qué.

Sarah había dejado de vacilar entre desearlo y darle la espalda. Había dejado de darle vueltas a lo bueno y malo de acostarse juntos. De hecho, todo parecía ir según sus planes.

Oliver y ella se habían mudado a la casa unos días antes y, por fin, después de un caos de operarios que entraban y salían, habían instalado la conexión de banda ancha más rápida posible y todos los aparatos electrónicos necesarios para trabajar desde la agradable biblioteca, que había sido convertida en un estudio para Raoul, con un escritorio, una televisión de pantalla plana, monitores para controlar los mercados del mundo y dos líneas telefónicas independientes.

Por la ventana podía ver el precioso jardín, con sus manzanos gemelos y sus rosales... era una vista que lo inspiraba mucho más que la que tenía desde su apartamento y Raoul había descubierto que le gustaba.

La boda tendría lugar en un mes.

—Me da igual cuándo nos casemos —había dicho Sarah—. Pero mi madre insiste en que sea algo más que una boda civil y yo no quiero darle un disgusto.

Esa actitud parecía caracterizar el intangible cambio que Raoul había notado en ella desde que aceptó su proposición de matrimonio.

Desde entonces eran amantes y, entre las sábanas, todo era como debía ser. Mejor. Raoul la tocaba y Sarah respondía con desinhibida urgencia. Se derretía entre sus brazos con la luz de la luna entrando por la ventana y hacían el amor con el ansia de la verdadera pasión.

Pensar en ello era suficiente para que se excitase al recordar el placer que sentía solo con tocarla...

Pero fuera del dormitorio, Sarah se mostraba poco más que amistosa. Cada vez que volvía a casa por la tarde, a las siete, un considerable sacrificio para él, acostumbrado a trabajar hasta las nueve, ella le preguntaba qué tal el día y casi siempre tenía la cena lista y una sonrisa en los labios mientras lo veía jugar con Oliver en el jardín. Pero era como si hubiera colocado una pantalla invisible entre los dos.

–¿Lo tienes todo?

Estaban a punto de irse a Devon a visitar a sus padres, llevando más maletas para dos días de las que él hubiera llevado para tres semanas de vacaciones. Aparte de la ropa, estaban los juguetes favoritos de Oliver, incluyendo el enorme coche por control remoto, que se había convertido en el favorito de su hijo, una nevera con comida y zumos porque Sarah le había asegurado que los niños no tenían sentido del tiempo cuando iban en coche y varias películas y CDs de cuentos y canciones. Ella le había informado, riendo, que no quedaría más remedio que escucharlos.

Sarah había hecho una lista, que estaba recitando en ese momento con el ceño fruncido.

–Creo que sí.

–¿Siempre tienes que llevar todo esto cuando vas a ver a tus padres? –le preguntó Raoul cuando por fin subieron al Range Rover.

–Esto no es nada –respondió Sarah, mirando por la ventanilla–. Antes teníamos que tomar el tren y no te puedes imaginar la que organizábamos.

Siempre se sentía incómoda cuando estaba atrapada con él en el coche, seguramente porque no podía escapar. Lo único bueno era que había conseguido levantar una barrera entre los dos.

Se mostraba fríamente amable con él, aunque bajo esa fachada su corazón se encogía por la distancia que ella misma estaba creando. Pero no podía permitirse el lujo de ponerlo todo en esa relación porque sabía que, si lo hiciera, pronto empezaría a pensar que su matrimonio era real en todos los sentidos... ¿y qué protección iba a tener cuando Raoul perdiese el interés por ella?

Raoul no la amaba y cuando los fuegos artificiales en el dormitorio terminasen, no quedaría nada en esa relación.

Todos los días se decía a sí misma que era importante entablar una sólida amistad porque eso sería lo que los mantuviese unidos, pero en el fondo de su corazón confiaba en que, con el tiempo, la amistad pudiera convertirse en algo más. Tal vez Raoul se acostumbraría a una relación creada por las circunstancias. Le había propuesto matrimonio como una solución y la respetaría más si trataba esa solución siendo tan práctica como él.

Estaba decidida a controlar su obsesión por Raoul,
de modo que hacía lo posible por contener sus emociones. La única ocasión en la que se sentía liberada
era cuando hacían el amor. Entonces, cuando Raoul
no podía ver sus ojos, era libre de mirarlo con todo
el amor que guardaba en su corazón.

Una vez, despertó de madrugada para ir al baño y
aprovechó la oportunidad para mirarlo. Cuando estaba dormido, los orgullosos ángulos de su rostro se
suavizaban y lo que veía no era una persona que tenía
el poder de hacerle daño, sino al hombre del que estaba enamorada, al padre de su hijo.

Y casi podía creer que todo era perfecto...

Mientras salían de Londres y tomaban la autopista
que llevaba a Devon, Oliver empezó a emocionarse
al ver los campos, llenos de vacas y ovejas, pero después de una hora, agotado, se quedó dormido.

–Imagino que te preocupa un poco conocer a mis
padres –dijo Sarah.

Lo había dicho con ese frío tono de voz que usaba
cuando estaban solos y Raoul apretó los dientes.

–¿Debería estar preocupado?

–Yo lo estaría –respondió ella.

–¿Por qué?

–No sé qué esperan. Nunca les he hablado bien de
ti. De hecho, cuando descubrí que estaba embarazada... en fin, debían de pitarte los oídos.

–Imagino que eso es historia ahora que he aceptado mi responsabilidad como padre de Oliver.

–Pero recordarán la cosas que dije –insistió Sarah–. Descubrir que estaba embarazada cuando volví
de Mozambique fue la gota que colmó el vaso. Es-

taba angustiada, embarazada, sola. Dije todo lo que pensaba de ti y dudo que mi madre lo haya olvidado.

—Entonces, tendré que arriesgarme. Pero tu preocupación me emociona —Raoul esbozó una burlona sonrisa.

—No hace falta que te pongas sarcástico.

—¿No? Bueno, yo no quería tener esta conversación, pero ya que estás dispuesta a que seamos sinceros... me voy a la cama con una amante ardiente y generosa y despierto cada mañana con una extraña.

—¿Qué?

—Sinceramente, no creo que te preocupe demasiado la reacción de tus padres.

«Una amante ardiente y generosa».

Si él supiera que esas palabras podrían aplicársele de día y de noche.

—No creo que me porte como una extraña —protestó, sin embargo—. Los extraños no...

—¿Hacen el amor durante horas? ¿No se tocan por todas partes? ¿No experimentan cosas que harían ruborizarse a mucha gente? No te preocupes —dijo Raoul cuando Sarah señaló a Oliver con gesto preocupado—. No estamos gritando y el niño sigue dormido. Lo veo por el retrovisor.

Ella sentía que le ardían las mejillas.

¿Qué es lo que quieres?, le habría gustado preguntar. ¿Que fuese un esposa ardiente y cariñosa sabiendo que estaba atrapada? ¿Sabiendo que él no la quería?

—¿No te alegra haber tenido razón? No puedo negar que te encuentro atractivo, siempre ha sido así.

—Llámame loco, pero estoy seguro de que hay un pero en el camino.

–No hay ningún pero –replicó Sarah–. Y no sé por qué me acusas de portarme como una extraña. ¿No cenamos juntos todas las noches?

–Sí, es cierto. Y tu habilidad en la cocina sigue asombrándome. Lo que me entusiasma menos es la rutina de esposa robot.

–¿Cómo?

–Dices lo que tienes que decir, sonríes cuando debes hacerlo y me preguntas cómo ha ido el día. ¿Qué ha sido de la mujer dramática y espontánea que conocí hace semanas? ¿La mujer a la que conocí hace cinco años?

–Como tú mismo has dicho muchas veces, estamos haciendo lo que debemos hacer. He aceptado casarme contigo y no entiendo por qué quieres discutir.

–Yo creo que a veces es sano discutir.

–No nos lleva a ningún sitio y no hay nada que discutir. De hecho, me sorprende que no hayan enviado a alguien con una camisa de fuerza para llevarte al hospital, convencidos de que has perdido la cabeza...

–¿Por qué?

–Sales de la oficina temprano y llegas tarde todas las mañanas.

–Estoy ajustando mi reloj biológico al del resto de los mortales.

–¿Y cuánto durará eso? –se oyó preguntar a sí misma.

–Si tuviera una bola de cristal, podría responder a esa pregunta. Mientras tanto, no.

Sarah intentó contener las lágrimas. Decían que la sinceridad era lo mejor, pero ella no estaba de acuerdo.

–Tal vez salgo antes de la oficina porque ahora

tengo un sitio al que ir, un sitio donde me esperan
–siguió Raoul.

Oliver.

La responsabilidad paternal había conseguido lo
que no había logrado ninguna mujer. Diplomática-
mente, Sarah decidió no decir nada porque sabía que
llevaría a otra discusión.

–Es cierto, pero no sé si mis padres entenderán
que hayamos decidido casarnos de repente.

–¿Qué les has contado? –preguntó Raoul.

–En realidad, nada.

–¿Qué significa eso?

–Puede que haya mencionado que estamos li-
diando con la situación como dos adultos y que hemos llegado a la conclusión de que es lo mejor para
Oliver. Les he explicado lo importante que es para ti
tener una relación con tu hijo y que no te gustaba la
idea de que otro hombre ocupase tu puesto.

–Imagino que eso los llenará de alegría –dijo Raoul,
irónico–. Su única hija casándose para satisfacer mi deseo de estar con mi hijo. Si tu madre no hubiera perdido
la pulsera, seguramente la enterraría en el jardín para
ahorrarse la hipocresía de entregarla por un matrimonio
falso.

–No es un matrimonio falso.

Sarah se dio cuenta de que no estaba explicándose
bien. Una cosa era mostrarse fríamente amistosa, otra
dar la impresión de que iba diciendo por ahí que su
matrimonio era una farsa. Además, no lo había hecho. No había tenido corazón para decirle nada a sus
padres. Ellos creían que el amor de su vida había
vuelto y que el anillo que pronto estaría en su dedo
era la prueba de que existían los finales felices.

–De hecho, este matrimonio tiene más sentido que muchos otros –añadió–. Solo estoy diciendo que no hay razón para fingir delante de mis padres.

–No te entiendo –Raoul parecía enfadado y, por un momento, Sarah lamentó haberlo puesto de mal humor.

Afortunadamente, Oliver había empezado a despertarse y necesitaba ir al baño a toda prisa, de modo que la incómoda conversación se vio reemplazada por una rápida carrera para encontrar una zona de descanso en la autopista.

Revitalizado después de su siesta, el niño estaba listo para seguir pasándolo bien y, cuando le pusieron su CD de canciones infantiles, procedió a dar patadas en el asiento al ritmo de la música.

Raoul y Sarah no podían seguir discutiendo, pero mientras el veloz coche se comía los kilómetros, ella iba repitiendo la conversación en su cabeza.

Se preguntaba si debería haberle contado la verdad a sus padres y, sobre todo, por qué se sentía tan fortalecida cuando estaban discutiendo. ¿Había hecho lo correcto al aceptar ese matrimonio con Raoul? Sí, se respondió a sí misma. Aunque lo había hecho porque no podría soportar verlo con otra mujer.

¿Pero y si la buscaba de todas formas? ¿Y si se aburría del matrimonio? Por mucho que se dijera a sí misma que era lo bastante civilizada como para soportarlo, sencillamente no podría hacerlo.

¿Deberían añadir más reglas a algo que se complicaba por segundos?

Estuvo a punto de suspirar de frustración.

–Me duele la cabeza –murmuró, pasándose los dedos por las sienes.

Raoul giró la cabeza para mirarla.

–Te entiendo, las canciones infantiles pueden provocar cualquier cosa.

Sarah esbozó una sonrisa. Se alegraba de que hubiera vuelto el buen ambiente entre ellos porque, curiosamente, aunque su objetivo era mantener las distancias, le daba miedo que Raoul se alejase de ella.

–Llegaremos antes de que el dolor de cabeza se convierta en una jaqueca... espero.

Veinte minutos después, Sarah empezó a reconocer los pueblos por los que pasaban. Oliver iba comentando las cosas que le interesaban, incluyendo una antigua tienda de caramelos, y ella le habló de los sitios que recordaba de su época de adolescente.

Raoul escuchaba asintiendo con la cabeza, pero solo estaba medianamente interesado en el paisaje. Los pueblos pequeños no le gustaban demasiado; de hecho, no le gustaban nada porque él sabía lo cerrada que podía ser la gente que vivía en el campo. Crecer en una casa de acogida en un pueblecito como aquel había sido igual a ser sentenciado sin un juicio justo.

Pero, sobre todo, intentaba aceptar la revelación de que a los padres de Sarah no iba a caerles bien.

Estaba malhumorado cuando por fin llegaron a una agradable casita a las afueras de un pintoresco pueblo; un pueblo que seguramente Sarah habría encontrado aburridísimo a medida que se hacía mayor.

–No esperes nada elegante –le advirtió ella cuando detuvo el coche en el camino de gravilla.

–Después de saber lo que le has contado a tus padres sobre mí te aseguro que no espero nada.

Sarah hizo una mueca.

–Te he hecho un favor –susurró–. Así no tendrás que fingir.

–A veces me pregunto qué es lo que te pasa.

–¿A mí?

–Sí, a ti.

Raoul abrió el maletero para sacar la multitud de maletas y bolsas y lo cerró de golpe mientras Oliver corría por el camino para abrazar a sus abuelos. Sarah fue tras el niño y Raoul los observó con los ojos guiñados mientras se dirigían a la casa.

Su padre era un hombre corpulento de pelo blanco y su madre una versión mayor de Sarah, con el mismo pelo rubio sujeto en un moño del que escapaban algunos rizos, una falda de flores, una camiseta y un cárdigan rosa. Era delgada y tenía la misma sonrisa que Sarah, amable y atrayente.

De modo que aquellas eran las personas a las que tendrían que desengañar, pensó. Unos padres que probablemente se habrían pasado la vida esperando el día en el que su querida hija se casara y formase una familia... solo para descubrir que no era la clase de matrimonio que ellos esperaban.

Raoul se acercó a ellos con una sonrisa en los labios que no traicionaba sus pensamientos.

–Encantado de conoceros –les dijo, pasando un brazo sobre los hombros de Sarah y acariciando deliberadamente su nuca con los dedos–. Sarah me ha hablado tanto de vosotros... ¿verdad que sí, cariño?

¿A qué estaba jugando? Fuera lo que fuera, estaba consiguiendo hacerla perder la compostura.

Y los gestos de afecto no habían terminado en la puerta.

Sí, había habido algún momento de descanso durante la tarde, cuando Oliver exigía su atención o cuando fue a la cocina a preparar la cena con su madre, pero el resto del tiempo...

Raoul se sentó en el sofá, a su lado, con un brazo sobre sus hombros para acariciar su cuello mientras hacía el papel de yerno perfecto, charlando con sus padres sobre temas que sabía les interesarían.

Sarah se dio cuenta entonces de la cantidad de cosas que sabía sobre ella. Raoul, utilizando toda esa información, les hizo preguntas sobre su infancia y recordó anécdotas que ella le había contado, como un mago sacando un conejo de la chistera.

Incluso recordaba algo que había dicho de pasada sobre el interés de su padre en la apicultura y, mientras cenaban, hablaron de los pros y los contras de tal actividad, sobre la que parecía increíblemente informado.

Aunque les hubiese contado la verdad sobre su relación, sus padres no lo habrían creído porque él hacía que pareciesen la pareja perfecta.

Cada vez que Sarah intentaba apartarse, él la involucraba de nuevo en la conversación, normalmente diciendo:

—¿Te acuerdas, cariño?

Habló mucho sobre sus recuerdos de África y les contó lo que ella había averiguado por casualidad, que aportaba dinero al proyecto. Luego hizo una lista de todas las mejoras y le contó que había contratado a alguien para que gestionase el campamento.

–Fueron los meses más interesantes de mi vida –admitió.

Y Sarah sabía que era verdad.

El complejo, tridimensional y maravilloso hombre del que se había enamorado estaba fuera de la caja en la que había intentado encerrarlo. Intentar contener el efecto que Raoul Sinclair ejercía en ella era como intentar contener un dique roto con un palillo de dientes.

Y la habitación en la que iban a dormir, su antiguo dormitorio, con todos los recuerdos de su niñez, no sirvió para reparar sus frágiles nervios.

Estaba tan nerviosa como un gato sobre un tejado de cinc cuando poco después de las diez subieron al piso de arriba porque, según sus padres, debían de estar agotados después del viaje.

–Y no se te ocurra levantarte por Oliver –le advirtió su madre–. Tu padre y yo queremos pasar todo el tiempo posible con él, así que vosotros dormid hasta la hora que queráis.

Sarah se entretuvo asomando la cabeza en la habitación de Oliver, pero después no le quedó más remedio que entrar en la habitación y encontró a Raoul recién duchado y esperándola en la cama con unos calzoncillos oscuros. De inmediato, cualquier pensamiento voló de su cabeza y su cuerpo reaccionó como lo hacía siempre: derritiéndose y anticipando el roce de sus manos.

Agitada, le dijo que iba a darse una ducha.

–Estaré esperando –respondió Raoul, siguiéndola con la mirada cuando desapareció en el cuarto de baño.

Reapareció veinte minutos después, desnuda, y cuando la vio acercarse a la cama y apartar el edredón, Raoul se apartó un poco. Porque un hombre podía perder la cabeza al ver tan glorioso cuerpo y lo que necesitaba en ese momento era mantener la cabeza fría.

Sarah se metió bajo las sábanas y se volvió hacia él, poniendo una pierna sobre sus muslos y una mano sobre su torso.

Darse una ducha la había relajado un poco, pero se colocó sobre él sin poder disimular el deseo que sentía, notando la dura erección contra su abdomen. Un gemido escapó de su garganta cuando el sensible capullo de su clítoris rozó el rígido miembro...

Raoul tuvo que luchar contra el irresistible impulso de tumbarla de espaldas y saciar su frustración enterrándose en ella.

–No... –murmuró.

–No lo dirás en serio.

Sarah cubrió su boca con la suya y sintió que gemía mientras le devolvía el beso. Luego, como a pesar de sí mismo, Raoul la tumbó de espaldas y se colocó sobre ella para poder seguir besándola.

Sarah se arqueó, sus pechos hinchados y sensibles. Quería sentir su húmeda boca en los pezones, quería que los chupara y la hiciese perder la cabeza. Necesitaba desesperadamente sentir su boca explorando entre sus piernas hasta que no pudiese esperar más para tenerlo dentro. En resumen, quería restaurar el frágil equilibrio de su relación porque sin él se sentía perdida.

–No, Sarah... –Raoul saltó de la cama y se puso el

pantalón antes de acercarse a la ventana, haciendo un esfuerzo sobrehumano para controlarse–. Tápate, por favor.

Ella se sentó en la cama, cubriéndose con la sábana y levantando las rodillas mientras él seguía al otro lado de la habitación, en la oscuridad, mirándola como un dios vengador.

¿Cómo podía haber pensado que sería capaz de separar su cuerpo y su alma?, se preguntó. ¿Cómo podía haber pensado que podría olvidarse de las emociones y dejar intacto el deseo bajo la cobertura de la oscuridad? Ella no era así y se sentía avergonzada por haberlo creído. Pero no podía decírselo.

–Esto no funciona –dijo Raoul.

–No sé de qué estás hablando.

–¡Sabes muy bien de qué estoy hablando! –exclamó él, pasándose una mano por el pelo.

–No, no lo sé. Pensé que todo había ido bien, mejor que bien. A mis padres les gustas...

–Contra todo lo esperado –la interrumpió Raoul, irónico.

–No les he contado nada malo de ti, solo que me dejaste –le explicó Sarah–. No les hablé de nuestra relación. Por supuesto, saben que rompimos hace cinco años, pero no les he contado que ahora solo estamos juntos por Oliver. No podía decirles la verdad...

–¿Y por qué no lo has hecho?

–¿Qué más da que ellos lo sepan? Es cierto, ¿no? Un encuentro casual y nuestras vidas cambian para siempre. ¿Qué es lo que dicen sobre el efecto mariposa? Media hora después habría terminado de lim-

piar esa oficina... media hora y no nos habríamos
visto. Tú te habrías ido sin saber que yo estaba allí, a
unos metros, en otra parte del edificio.

–Prefiero no pensar en eso porque no es así como
ocurrió.

Sarah miró sus manos. La reaparición de Raoul en
su vida había puesto su mundo patas arriba, pero había sido lo mejor, por Oliver.

–La pulsera...

Ella levantó la mirada.

–¿Qué pasa con la pulsera?

–¿Es una cadena de oro con una inscripción?

–Sí.

–Tu madre la llevaba puesta esta noche, de modo
que ha debido de encontrarla.

–Tal vez me equivocase...

–No –la interrumpió Raoul–. Tal vez yo me equi-
voqué. Pensé que estabas dispuesta a darle una oportunidad a nuestro matrimonio, pero parece que no es así.

Su serenidad era aterradora.

–Estoy intentándolo, Raoul.

–¿En serio? ¿Porque te acuestas conmigo?

Sarah empezaba a enfadarse; el enfado abriéndose
paso entre el pánico y la confusión. ¿De repente no
le parecía importante que se acostasen juntos? Qué
noble por su parte. Cualquiera habría pensado que
hacer el amor no tenía importancia para él cuando era
lo único a lo que daba valor.

¿Cómo se atrevía a portarse como si fuera el director de un colegio echándole una bronca a una
alumna rebelde porque no estaba satisfecho con su
comportamiento?

–¿No fuiste tú quien insistió en la importancia de que nos sintiéramos atraídos el uno por el otro? ¿No eras tú quien no dejaba de hablar sobre la química sexual que había entre los dos? –le espetó–. ¿No me dijiste que había algo por terminar entre nosotros y que la única manera de solucionarlo era acostándonos juntos?

–No es solo eso...

–Tienes una memoria muy selectiva cuando se trata de cosas que no quieres recordar, Raoul.

–¿Vas a castigarme para siempre por ser sincero cuando volvimos a encontrarnos?

–¿Vas a castigarme tú por ser sincera ahora? –replicó ella–. Tú has dejado bien claro desde el principio qué clase de matrimonio sería el nuestro, ¿no?

A pesar de todo, seguía habiendo una ridícula esperanza dentro de ella y quería darle la oportunidad de decir algo, de decirle que estaba equivocada, que no era solo que tuvieran un hijo juntos.

Su silencio le rompió el corazón.

–Estoy jugando con tus reglas, Raoul, y me parece bien. De hecho, creo que tenías razón. Acostarnos juntos está empezando a hacer que me acostumbre a ti y ya sabes lo que dicen de la costumbre...

En cuanto terminó la frase deseó retirarla, pero las palabras habían salido de su boca sin que pudiera evitarlo. Y no sabía cómo entender el silencio de Raoul. Intentaba seguir enfadada, pero la furia había desaparecido, dejando paso al remordimiento.

–De modo que el sexo es lo único que te importa, ¿es eso lo que estás diciendo?

–Sí, claro... igual que a ti. Vamos a casarnos porque somos dos personas responsables, naturalmente. Estamos haciendo esto porque para un niño lo mejor es vivir con su padre y con su madre. Estamos siendo sensatos, prácticos.

—¿Qué vas a contarle a tu madre cuando tengas que pedirle la pulsera?

—¿Qué?

—Estoy completamente de acuerdo contigo –dijo Raoul–. Un recuerdo de familia que pasa de madres a hijas tiene que ser entregado en una boda de verdad y la nuestra no lo será.

—No eres justo.

—Estoy siendo justo. Había pensado que entre nosotros había algo más que una atracción física, pero parece que me he equivocado –Raoul se dirigió a la puerta–. Y lo he entendido perfectamente, no te preocupes. Siempre es mejor tener las cosas claras.

Capítulo 9

SARAH se quedó inmóvil durante unos segundos. Intentaba recordar todo lo que Raoul había dicho para intentar darle sentido, pero sus pensamientos eran un caos y su corazón latía con tal furia que apenas era capaz de respirar.

Su desnudez era un cruel recordatorio de cómo había intentado ahogar su tristeza haciendo el amor con Raoul...

Podía enfadarse al pensar que estaba utilizándola, pero se daba cuenta de que ella había hecho lo mismo. ¿No era sexo lo que Raoul había querido desde el principio? ¿Y no lo deseaba ella también?

¿Y dónde había ido tan airado?

El autocontrol era una parte fundamental de la personalidad de Raoul y ver que lo perdía la había sorprendido más que nada...

Dejando escapar un gemido de pánico, Sarah saltó de la cama y se puso un pantalón y una camiseta de manga larga que encontró en el armario, un recordatorio de sus años adolescentes, cuando estaba en el equipo de hockey del colegio.

La casa estaba a oscuras y fue de puntillas por el pasillo. Sus padres no solían acostarse tarde y estarían profundamente dormidos...

La puerta de la habitación de Oliver estaba entreabierta y, por costumbre, asomó la cabeza. Su hijo estaba dormido, con el edredón a los pies de la cama, roncando ligeramente.

Por si acaso, no encendió las luces y tuvo que bajar al primer piso tocando la pared hasta que sus ojos se acostumbraron a la oscuridad. Luego, cuando pudo moverse con más rapidez, miró primero en la cocina y luego en el cuarto de estar.

Pero Raoul no estaba allí.

No era una casa grande, de modo que había un limitado número de habitaciones en las que buscar y su ansiedad aumentaba con cada segundo. Cinco minutos después, tuvo que reconocer que Raoul no estaba en la casa.

La temperatura había bajado y se abrazó a sí misma mientras salía a la puerta. Al menos, su coche seguía allí.

Nerviosa, salió al camino y miró en ambas direcciones... pero tampoco lo encontró.

Volvía a la casa cuando un ruido la llevó a la parte trasera.

El jardín no era grande, pero daba a los campos de maíz del vecino y parecía interminable. A un lado estaba el huerto de su madre y al otro, pasando bajo una pérgola cubierta de glicinias, había un cenador. El cobertizo de las herramientas estaba al fondo, árboles y arbustos marcando el perímetro del jardín.

Cuando pasó bajo la pérgola vio a Raoul en el cenador, con la cabeza entre las manos.

Sarah se detuvo un momento y luego se acercó silenciosamente, notando que se ponía tenso cuando escuchó sus pasos.

–Lo siento mucho –se disculpó.

Cuando pensaba que no iba a responder, Raoul levantó la cabeza y se encogió de hombros.

–¿Qué es lo que sientes? Estabas siendo sincera.

–Estoy intentando portarme como una adulta...

Raoul giró la cabeza para mirar hacia el otro lado del jardín y en la orgullosa postura de su espalda podía ver al niño que había crecido en una casa de acogida, aprendiendo desde muy joven a esconderse y a construir una fortaleza alrededor de su corazón para protegerse de los demás.

Sarah apoyó una mano en su brazo y sintió que daba un respingo, pero no se apartó y, por alguna razón, le pareció buena señal.

–Te he dado lo que querías –dijo Raoul por fin, sin mirarla–. Al menos, te he dado lo que creí que querías. ¿No te gusta la casa?

–Me encanta y tú lo sabes. Te lo he dicho un millón de veces.

–Nunca había hecho algo así. Nunca había pensado tanto en el bienestar de otra persona.

–Querías que Oliver tuviese lo mejor.

–Dudo mucho que a Oliver le interesen las cocinas de leña.

El corazón de Sarah dio un vuelco.

–¿Qué quieres decir?

–Pensé que era evidente –Raoul la miró a los ojos y ella tragó saliva–. Yo quería casarme conmigo. Tal vez al principio pensé que no era necesario... tal vez seguía agarrándome a la idea de que era un hombre libre e independiente que, de repente, se había encontrado con un hijo inesperado. He tardado algún tiempo en darme cuenta de que la libertad que me he pasado la vida intentando conseguir no era lo que quería en realidad.

—Yo no quiero atarte –dijo Sarah–. Una vez sí quise hacerlo, en Mozambique. Entonces pensaba que eras el hombre más maravilloso que había conocido nunca y me hice todo tipo de ilusiones. Pero tú me dejaste y el mundo se abrió bajo mis pies.

—Hice lo que me pareció mejor en ese momento.

—Y lo entiendo.

—¿En serio? Te he visto con tu familia y... entiendo cuánto debió de dolerte que rompiéramos. Tú creciste en una familia normal, sabiendo cuál era tu sitio en el mundo. Yo crecí sin nada de eso. Jamás he querido encariñarme con nadie e incluso cuando volvimos a vernos, incluso después de descubrir que teníamos un hijo, seguía agarrándome a eso. Con Oliver es diferente porque es mi hijo, alguien de mi sangre, pero seguía pensando que no iba a dejar que nadie más se metiera en mi corazón.

—Lo sé –dijo ella–. ¿Por qué crees que ha sido tan difícil para mí, Raoul? No tienes idea de lo duro que ha sido estar a tu lado, preguntándome si algún día podría atravesar ese muro que llevas toda la vida construyendo a tu alrededor –Sarah suspiró, apartando los ojos de él para mirar la luna en un cielo sin nubes–. Tú no eres el único que tiene miedo de sufrir.

Raoul abrió la boca para decir que él no tenía miedo a nada, pero la cerró porque no era cierto.

—Sé que no quieres pensar que alguien puede hacerte daño –siguió Sarah.

Él asintió con la cabeza.

–Es increíble lo bien que me conoces.

Hablaba en serio, no era un sarcasmo, y Sarah decidió seguir adelante:

–Estuve muchos años pensando en ti como el hombre que me rompió el corazón y cuando volvimos a vernos seguía queriendo pensar en ti de ese modo. En cuanto te vi en esa oficina supe que tenía que hablarte de Oliver, pero era importante mantener las distancias. Y, sin embargo, cada vez que te miraba me daba cuenta de que seguía deseándote...

–Pero no eras capaz de admitirlo –la interrumpió Raoul–. Y me estabas volviendo loco. Quería acostarme contigo y sabía que tú también querías, pero te negabas a hacerlo. Cada vez que te miraba era como si estos cinco años no hubieran pasado...

–Lo sé, a mí me ocurre lo mismo.

–Entonces no lo sabía, pero te dejé entrar en mi corazón hace cinco años y no te has ido nunca –Raoul tomó su mano para enredar los dedos con los suyos–. Pedirte que te casaras conmigo fue algo muy importante para mí, Sarah.

–Dijiste que yo era algo que habías dejado sin terminar...

–Si solo fueras eso para mí, jamás te habría pedido que te casaras conmigo porque no me habría importado que tarde o temprano encontrases a otro hombre.

–Te preocupaba perder a Oliver.

–Creo que, en el fondo, sabía que eso no iba a pasar. Sabía que tú me dejarías ver a Oliver cuando quisiera y... seamos sinceros, los hijos de padres divorciados no se olvidan de sus progenitores, sea cual sea la situación. No, te pedí que te casaras conmigo porque te quería en mi vida. Porque no podía imaginar mi vida sin ti.

–Raoul... –los ojos de Sarah se habían llenado de lágrimas, pero esbozó una sonrisa de pura felicidad.

–Te quiero, Sarah. Por eso te pedí que te casaras conmigo. Como un tonto, solo ahora soy capaz de admitirlo, pero te quise hace cinco años y nunca he dejado de quererte.

–Raoul...

–Te quiero y te necesito. Y cuando tú te encerrabas en ese caparazón tuyo y solo salías por la noche, cuando hacíamos el amor, era como si el mundo se abriera bajo mis pies.

Sarah le echó los brazos al cuello, casi haciendo que los dos cayeran al suelo, y enterró la cara en su pecho.

–¿Eso significa que tú también me quieres? –bromeó Raoul.

Sarah notó que su voz sonaba entrecortada y supo que bajo esa impresión de total confianza en sí mismo había una terrible inseguridad, el legado de su infancia que aún no había podido dejar atrás.

–Pues claro que te quiero –respondió, besando su cara, sus ojos, su nariz–. Me daba tanto miedo volver a sufrir como sufrí hace cinco años –admitió luego, con voz ronca–. Pensé que sería capaz de lidiar con esta relación sin involucrar mis emociones... al menos, eso era lo que pretendía hacer.

–Pero no lo has hecho.

–No he podido hacerlo, era imposible. Cuando volví a verte me quedé sorprendida, pero me dije a mí misma que había madurado y había aprendido la lección. Creía haberme librado del amor que sentía por ti, que nunca he dejado de sentir a pesar de todo... –Sarah pensó entonces en esas primeras semanas, cuando Raoul se infiltró en su vida casi sin que se diera cuenta–. Cuando conociste a Oliver y el niño... en fin, no se acostumbraba a ti.

–¿Cuando Oliver no quería saber nada de mí? –la corrigió Raoul–. Ahora me parece un recuerdo muy lejano.

–Sí, a mí también.

–Pero no fue fácil.

–No, es verdad –asintió ella–. Me di cuenta de que tendríais que aprender a relacionaros el uno con el otro y decidí que la única manera de hacerlo sería interviniendo. No tomé en cuenta lo devastador que sería tenerte de vuelta en mi vida todo el tiempo... los dos éramos mayores, con más experiencia, y me parecía estar viendo al auténtico Raoul Sinclair, así que volví a enamorarme de ti. No pude evitarlo.

–¿Es por eso por lo que me rompiste el corazón apartándome de tu lado?

–Yo no te rompí el corazón. Y tampoco te aparté de mi lado.

–Sí lo hiciste –protestó Raoul–. Me rompiste el corazón en mil pedazos. Yo estaba dispuesto a dártelo todo. No iba a conformarme con que fueras solo mi mujer de noche y una persona a la que apenas reconocía de día.

–Y pensabas que estaba rechazándote...

–Que solo me quisieras por mi cuerpo no me parecía bien –Raoul esbozó una sonrisa–. No puedo creer que haya dicho eso.

Sarah soltó una carcajada.

–Desearte por tu cuerpo no es algo tan terrible... especialmente ahora que sabes que te quiero por muchas más razones.

Se casaron un mes más tarde, en la iglesia del pueblo. Fue una ceremonia sencilla, con algunos amigos y parientes cercanos mezclándose alegremente.

Sarah jamás se había sentido más feliz que cuando Raoul le puso la alianza en el dedo, susurrando cuánto la quería.

Luego, después del banquete, sus padres se quedaron con Oliver durante diez días mientras ellos empezaban una maravillosa luna de miel en Kenia. Pero durante los tres últimos días volvieron al campamento de Mozambique donde se habían conocido para ver en persona los cambios que habían tenido lugar en los últimos años. Y había muchos cambios gracias a la generosa contribución de Raoul, aunque la casa de cemento con sus escalones en la puerta seguía allí; la casa que habían compartido con el resto de los estudiantes, el recordatorio de dónde había empezado todo.

Incluso el tronco que usaban como banco seguía allí, el mismo tronco en el que Sarah se había sentado, angustiada y desesperada al saber que Raoul iba a dejarla. Pero ese tronco, como ellos, había sobrevivido a las inclemencias del tiempo.

Los estudiantes que estaban en el campamento en ese momento eran tan jóvenes como lo habían sido ellos entonces y seguramente también habría alguna historia de amor...

Por fin, volvieron a Londres y lo primero que dijo Raoul mientras entraban en la casa fue que necesitaban una propiedad en el campo.

—¿En serio?

—Jamás pensé que volvería a vivir fuera de Londres —le confesó él, en la cama, unas horas después—. Pero estoy empezando a pensar que hay algo muy interesante en todos esos espacios abiertos...

Mientras hablaba, acariciaba suavemente su pelo y Sarah le sonreía con tal ternura, con tal amor que Raoul se sintió el más feliz de los mortales.

—Podríamos comprar una casa cerca de Devon para ir fines de semana... ¿qué te parece?

—Podría ser buena idea —respondió Sarah—. Sería estupendo ver a mis padres más a menudo, especialmente ahora que has convencido a mi padre para que se dedique a la apicultura. Y a los niños les gustaría mucho.

—¿Los niños? ¿Ya estás planeando que ampliemos la familia? —Raoul sonrió mientras metía una mano bajo la camisola de encaje.

Habían hecho el amor una hora antes, pero sentir que los pezones se levantaban bajo sus dedos fue suficiente para provocar una inmediata erección y levantó la camisola para lamer el valle entre sus pechos, inclinándose luego para chupar las rosadas crestas.

—Pensé que estábamos hablando —protestó ella, sin poder evitar una risita.

—Cuéntame. Soy todo oídos.

—No puedo hablar cuando... —Sarah se rindió, arqueándose para recibir su boca mientras chupaba y acariciaba sus pechos y luego seguía hacia abajo, atormentando el pequeño capullo hinchado de anticipación.

El roce de su lengua destrozó cualquier esperanza de proseguir con la conversación y pasó mucho tiempo antes de que pudiera susurrar, adormilada:

—No es que esté planeando ampliar la familia, es que podríamos tener un hijo en unos meses...

Raoul se apoyó en un codo para mirarla a los ojos.

—¿Estás embarazada?

—Iba a decírtelo en cuanto me hubiese hecho la prueba pero sí, creo que sí. Reconozco las señales...

Y estaba embarazada.

Sarah Scott casi había dejado de creer en los finales felices, pero tenía que revisar esa opinión.

¿Quién había dicho que los cuentos de hadas no se hacían realidad?

Bianca

Un fuego que nunca se apagó...

Solo con ver al atractivo James Crawford, Harriet Wilde sintió que prendía en ella un fuego que ardió hasta que su padre la obligó a romper la relación. Aubrey Wilde no iba a permitir que su hija se marchara con un hombre al que él consideraba demasiado poco para ella.

Diez años después, James se había convertido en el presidente de un imperio multimillonario y regresó para vengarse de la mujer que le había hecho sentir que no era lo suficientemente bueno para ella. Haría que Harriet experimentara cada gramo de la humillación que él había sufrido en el pasado. Sin embargo, lo único que James consiguió fue avivar las llamas de un fuego que había creído apagado...

Un corazón humillado

Catherine George

Deseo

No dudes de mí

SARAH M. ANDERSON

La abogada Rosebud Donnelly tenía un caso que ganar. Sin embargo, su primera reunión con Dan Armstrong no salió según lo planeado. Nadie la había avisado de que el director de operaciones de la compañía a la que se enfrentaba era tan... masculino. Desde sus ojos grises a las impecables botas, Dan era un vaquero muy atractivo. Pero ¿era sincero?

El deseo de Rosebud por el ejecutivo texano iba contra toda lógica, contra la lealtad familiar y contra todas sus creencias. Y aun así, cuando Dan la abrazaba, Rosebud estaba dispuesta a arriesgarlo todo por besarlo otra vez.

Un hombre de palabra

¡YA EN TU PUNTO DE VENTA!

Bianca

Lo único que el dinero de aquel ruso no podía comprar era a ella

El despiadado Serge Marinov pensaba que la deslumbrante sonrisa y el cuerpo voluptuoso de Clementine Chevalier podían provocar verdaderos disturbios. Era tan cautivadora que eran necesarias ciertas reglas: él le daría noches de placer, pero a la luz del día de San Petersburgo desaparecería. Serge era la fantasía secreta de Clementine hecha realidad, pero ella no estaba interesada en el dinero, así que puso ciertas condiciones: no sería su amante hasta que le demostrara que era algo más que un capricho pasajero para él.

Reglas quebrantadas

Lucy Ellis